Thomas Pynchon

# Unter dem Siegel

Erzählungen

Deutsch von
Thomas Piltz

Rowohlt

Veröffentlicht im
Rowohlt Taschenbuch Verlag GmbH,
Reinbek bei Hamburg, Januar 1996
Die Erzählungen der vorliegenden Ausgabe
wurden dem Band «Spätzünder» entnommen
Copyright © 1985 by Rowohlt Verlag GmbH,
Reinbek bei Hamburg
«Slow Learner» Copyright © 1984
by Thomas Pynchon
Umschlaggestaltung Walter Hellmann/Beate Becker
(Illustration Susanne Müller)
Satz: Sabon (Linotronic 500)
Gesamtherstellung Clausen & Bosse, Leck
Printed in Germany
200-ISBN 3 499 22043 1

# Unter dem Siegel

# Inhalt

# Der kleine Regen

Draußen schmorte das Kasernengelände langsam unter der Sonne. Die Luft stand bewegungslos, dampfig-schwül. Grelles Sonnenlicht wurde gelb von den Sandflächen zurückgeworfen, die die Funkbaracken der Kompanie umgaben. Drinnen war niemand, ausgenommen ein Kasinohelfer, der schläfrig und rauchend an einer Wand lehnte, und eine bewegungslose Gestalt im Arbeitsdrillich, die auf einem Feldbett lag und in einem Paperback las. Der Kasinohelfer gähnte und spuckte in den heißen Sand hinaus, und die Gestalt auf dem Feldbett, die Levine hieß, blätterte eine Seite um und rückte sich das Kissen unter dem Kopf zurecht. Irgendwo brummte ein großer Moskito gegen eine Fensterscheibe, irgendwo anders war ein Radio auf eine Rock-'n'-Roll-Station in Leesville eingestellt, und draußen staubten oder rumpelten Jeeps und Zweieinhalbtonner ohne Pause hin und her. Das war Fort Roach,

Louisiana, damals um die Julimitte 1957. Nathan «Fettarsch» Levine, Hauptgefreiter im technischen Dienst, ist diesem Bataillon, dieser Kompanie, diesem Feldbett zugeteilt seit nunmehr dreizehn Monaten, fast vierzehn. Ft. Roach für das genommen, was es war, hätte dieser Umstand ausgereicht, um gewöhnlichere Seelen in den Selbstmord oder zumindest Wahnsinn zu treiben; was er oft genug auch tat, wenn man gewissen, mehr oder minder unterdrückten Army-Statistiken glaubte. Levine allerdings war nicht so ganz gewöhnlich. Er war einer der wenigen – abgesehen von denen, die auf einen Jagdschein aus waren –, die Ft. Roach tatsächlich *mochten*. Er hatte es sich zur Heimat gemacht, leise und unauffällig. Die eckigen Kanten seines Bronx-Akzents waren zu einem träge schleppenden Tonfall aufgeweicht und abgeschliffen; er hatte entdeckt, daß der übliche Schwarzgebrannte – meist pur oder gemixt mit dem, was gerade aus dem Cola-Automaten der Kaserne kam – auf seine Weise ebenso genießbar war wie Scotch auf Eis; er hörte den Hillbilly-Gruppen in den Kneipen der umliegenden Städte ebenso verzückt zu wie einst Lester Young oder Gerry Mulligan im Birdland. Er war über eins achtzig und schlaksig, aber was einige Studentinnen im

City College mal die Figur eines Acker-
knechts genannt hatten, starkknochig und
muskulös, war nach dreijährigem Sich-
Drücken vor Arbeitseinsätzen schwammig
geworden. Er hatte einen hübschen Bierbauch jetzt, auf den er mit einem gewissen
Stolz hinunterblickte, und ein voluminöses
Hinterteil, auf das er weniger stolz war und
das ihm seinen Spitznamen eingetragen
hatte.

Der Kasinohelfer schnippte seine Zigaret-
tenkippe in den Sand hinaus und sagte:
«Schau, wer kommt.»

«Wenn's der General ist, sag, ich schlafe»,
erwiderte Levine. Er zündete sich eine Zigarette an und gähnte.

«Nein», sagte der Kasinohelfer, «es ist
Twinkletoes.» Er lehnte sich wieder an die
Wand zurück und schloß die Augen. Von der
Veranda waren schnelle Schritte von kleinen
Füßen zu hören, und ein Virginia-Akzent
sagte: «Capucci, du nichtsnutziger Bastard.»
Der Kasinohelfer klappte die Augen auf.
«Fick dich doch ins Knie», sagte er. Twinkle-
toes Dugan, der Kompanieschreiber, kam in
den Raum und mit unwirsch geschürzten
Lippen auf Levine zu. «Wer kriegt dieses Hu-
renbuch nach dir, Levine?» fragte er. Levine
klopfte die Asche seiner Zigarette in den

Helmeinsatz, der ihm als Aschenbecher
diente. «Der Müllkübel wahrscheinlich»,
grinste er. Die geschürzten Lippen verdünn-
ten sich zu einem Strich. «Lieutenant will
dich sehen», sagte Dugan, «also beweg deinen fetten Arsch und alles übrige zur Schreibstube.» Levine blätterte eine neue Seite um
und begann zu lesen. «Hey», sagte der Kompanieschreiber. Levine lächelte unergründ-
lich. Dugan war einer von den Eingezogenen.
Er hatte zwei Jahre an der University of Vir-
ginia hinter sich, ehe er dort rausgeflogen
war, und wie die meisten Schreibstubenheng-
ste eine sadistische Ader. Auch sonst war er
ein interessanter Bursche. Zum Beispiel hielt
er es für eine unleugbare Tatsache, daß die
Nationale Liga zur Förderung der Farbigen
eine kommunistische Kabale mit dem gehei-
men Ziel einer hundertprozentigen Misch-
verehelichung der weißen und der schwarzen
Rasse war und daß der Virginia-Gentleman
den endlich gekommenen Übermenschen in-
karnierte, der an der Erfüllung seiner hohen
Bestimmung nur durch die üblen Machen-
schaften der New Yorker Juden gehindert
wurde. Vor allem der letzte Punkt trug dazu
bei, daß Dugan und Levine nicht übermäßig
miteinander auskamen.

«Lieutenant will mich sehen», sagte Levine. «Soll das etwa heißen, daß du meine Urlaubspapiere fertig hast? Zum Teufel», er blickte auf die Uhr, «es ist erst kurz nach elf. Gratuliere, Dugan. Fünfeinhalb Stunden vor der Zeit.» Er wiegte anerkennend den Kopf. Dugan lächelte süßsäuerlich. «Ich glaub nicht, daß es um deinen Urlaub geht. Könnte eher sein, daß du noch 'ne Weile drauf warten mußt.»

Levine ließ das Buch sinken und drückte seine Zigarette im Helmeinsatz aus. Er verdrehte die Augen zur Decke. «Herr im Himmel», sagte er ruhig, «was hab ich nun schon wieder ausgefressen. Sag bloß nicht, daß sie mich einbuchten wollen. Nicht schon wieder.»

«Ist schon ein paar Wochen her, seit du zuletzt im Bunker warst, stimmt's?» sagte der Schreiber. Levine kannte diesen Schachzug. Er dachte eigentlich, daß Dugan es längst aufgegeben hätte, ihm Angst einjagen zu wollen. Aber Burschen wie er gaben anscheinend niemals auf. «Also komm raus aus der Falle, kann ich dir nur raten.» Das «raus» klang düster bei ihm, fast wie «Ruß». Es irritierte Levine. Er griff nach dem Buch und las weiter. «Längst verstanden», sagte er und salutierte mit einem spitzen Finger. «Und jetzt hau ab, weißer Mann.» Dugan stierte ihn an, dann drehte er sich um und ging. Anscheinend kriegte er auf dem Weg nach draußen das M 1 des Kasinohelfers zwischen die Beine, denn es gab ein plötzliches Gepolter, und Capucci sagte: «Herrgott, was bist du für ein unkoordinierter Bastard.» Levine schlug sein Buch zu, rollte es zusammen, drehte sich auf die Seite und stopfte es in die Gesäßtasche. Dann blieb er etwa eine Minute so liegen und sah einer Kakerlake zu, die sich durch ihr unsichtbares Labyrinth am Boden wand. Schließlich gähnte er und wuchtete sich vom Feldbett hoch, kippte die Stummel und die Asche aus seinem Helmeinsatz auf den Boden und setzte sich den Einsatz auf den Kopf, tief in die Augen gezogen. Als er aus dem Zimmer ging, fuhr er dem Kasinohelfer durch die Haare. «Wo brennt's denn», sagte Capucci. «Ach, das Pentagon mal wieder», sagte Levine. «Sie lassen mich einfach nicht in Frieden.»

Er schlurfte durch den Sand auf das Gebäude zu, in dem die Schreibstube lag, und spürte schon das Stechen der Sonne durch seine Kopfbedeckung. Der Verwaltungstrakt war von einem grünen Saum umgeben, dem einzigen Rasen auf dem ganzen Gelände. Vorne und zur Linken sah er bereits die erste Schicht, die sich vor der Kantine zum Essenfassen anstellte. Er bog auf den Kiesweg ein, der zum Schreibzimmer führte. Er erwartete, daß Dugan vor der Tür oder mindestens am Fenster stehen und nach ihm Ausschau halten würde, aber als er den Raum betrat, sah er den Schreiber im Hintergrund an seinem Tisch sitzen und eifrig auf die Schreibmaschine einhacken. Levine lehnte sich auf die Schranke vor dem Pult des wachhabenden Sergeants. «Hi, Sarge», sagte er. Der Sergeant blickte hoch. «Wo zum Teufel hast du gesteckt», sagte er, «hinter einem Hurenbuch?» – «Stimmt genau, Sarge», sagte Levine, «ich hab auf Sergeant studiert.» Der Wachhabende legte seine Stirn in Falten. «Lieutenant will dich sehen», sagte er.

«So hab ich's gehört», sagte Levine. «Wo isser?»

«Im Gemeinschaftsraum», antwortete der Sergeant, «mit allen andern.»

«Was liegt an, Sarge? Irgendwas Besondres?»

«Geh rein und find's raus», sagte der Sergeant mürrisch. «Herrgott, Levine, mir sagt doch keiner was, das solltest du langsam wissen.»

Levine verließ die Schreibstube und ging um das Gebäude herum zum Gemeinschaftsraum. Durch das Fliegengitter der Tür hörte er den Lieutenant sprechen. Er drückte die Tür auf. Der Lieutenant und ungefähr ein Dutzend Soldaten und Funker der B-Kompanie saßen oder standen um einen Tisch herum und steckten ihre Köpfe in eine ausgebreitete Karte, die mit Kaffeeflecken und -ringen gesprenkelt war. «DiGrandi und Siegel», sagte der Lieutenant gerade, «Rizzo und Baxter —» er blickte auf und sah Levine. «Levine, Sie fahren mit Picnic.» Er faltete die Karte achtlos zusammen und stopfte sie in seine Gesäßtasche. «Alles klar?» Die Männer nickten. «Okay, das wär dann alles bis eins. So lange habt ihr Zeit, um die Wagen aus der Fahrbereitschaft zu holen und euch marschfertig zu machen. Wir sehen uns in Lake Charles wieder.» Er setzte seine Mütze auf und ging und ließ die Fliegengittertür mit einem Scheppern hinter sich zufallen. «Zeit für 'n Cola», sagte Rizzo. «Hat jemand 'ne Kippe übrig?» Levine setzte sich auf einen Tisch und sagte: «Was ist eigentlich los?»

«Ach Gott», sagte Baxter. Er war klein und blond und kam von einer Farm in Pennsylvanien. «Willkommen in unserm Klub, Levine. Es geht mal wieder um die verdammten Cajuns. Die haben für alles Schilder aufgestellt, klar, Hunde und Militär vom Rasen fernhalten und was weiß ich. Aber sobald nur das Geringste schiefläuft, nach wem schreien sie dann?»

«Nach dem 131. Funkbataillon», sagte Rizzo. «Nach uns.»

«Wohin in aller Welt geht's denn um eins?» fragte Levine. Picnic stand auf und marschierte in Richtung Cola-Automat. «Irgendwo draußen bei Lake Charles», sagte er. «Die hatten einen Sturm oder was. Die Leitungen sind unten.» Er schob einen Nickel in den Schlitz, und wie üblich passierte gar nichts. «Die B-Kompanie wird's schon richten.» Dann wurde seine Stimme ölig und sanft. «Sei friedlich, *Beebi*», flüsterte er zum Cola-Automaten und versetzte ihm einen heftigen Tritt. Nichts geschah. «Paß auf, daß du ihn nicht umschmeißt», sagte Baxter. Picnic hämmerte an bestimmten, strategisch ausgewählten Stellen auf die Maschine ein. Drinnen klickte es, und zwei Strahlen, Sodawasser und Cola-Konzentrat, begannen zu spritzen. Kurz bevor sie aufhörten, fiel ein leerer Plastikbecher in den Schacht und wurde von außen mit Konzentrat bekleckert. «Mein Gott, bist du smart», sagte Picnic. «Er ist neurotisch», sagte Rizzo. «Bei der Hitze dreht er eben durch.» Sie redeten eine Weile, spekulierten und fluchten auf die Cajuns und auf die Army, rauchten und tranken

Cola, bis Levine schließlich aufstand, seine Hände in die Taschen schob, den Bauch rausstreckte und sagte: «Na ja. Dann werd ich wohl packen.»

«Wart 'ne Minute», sagte Picnic. «Ich komm mit.» Sie gingen durch die Fliegengittertür hinaus und über den Kiesweg zurück zur Sandwüste um die Funkbaracken. Ihre Füße schleiften durch den Staub, die stehende Luft und die stechende Sonne ließen ihnen den Schweiß ausbrechen. «Langeweile ist ein Fremdwort bei uns, Benny», sagte Levine. «So wahr mir Gott helfe», sagte Picnic. Sie tanzten den Garnisonsknast-Shuffle durch die Eingangstür, und als Capucci fragte, ob sie noch ganz dicht seien, zeigten sie ihm den Vogel, exakt und synchron wie ein Vaudeville-Team.

Levine zerrte seinen Wäschesack heraus und fing an, Arbeitsklamotten, Unterzeug und Socken hineinzuwerfen. Obenauf legte er seine Rasiersachen, dann, nach einer Denkpause, quetschte er noch eine blaue Baseballmütze an den Rand. Schließlich stand er eine Weile da und runzelte die Stirn und rief: «Hey, Picnic.»

«Yup», antwortete Picnic vom anderen Ende des Gangs.

«Ich kann ja gar nicht mit zu diesem Einsatz. Weil ich nämlich Urlaub habe ab halb fünf.»

«Was packst du dann», sagte Picnic.

«Vielleicht geh ich gleich mal rüber und berede das mit Pierce.»

«Der ist beim Essen, wahrscheinlich.»

«Essen müssen wir ja auch noch. Komm mit.»

Sie trotteten wieder hinaus, in die Sonne, durch den Sand, rund um den Kantinenbau zur Hintertür. Lieutenant Pierce saß an einem leeren Tisch in der Nähe der Ausgabetheke. Levine ging zu ihm.

«Da wär noch was», sagte er.

Der Lieutenant blickte hoch. «Ärger mit den Wagen?» sagte er. Levine kratzte sich am Bauch und schob sich den Helmeinsatz aus der Stirn. «Das ist es nicht», sagte er, «aber mein Urlaub fängt um halb fünf an, und ich hab überlegt.» Pierce ließ die Gabel fallen, die er in der Hand hatte. Sie schlug mit einem scharfen Klirren aufs Tablett. «Nein», sagte er, «mit diesem Urlaub müssen Sie sich eine Weile gedulden, Levine.» Levine lächelte das breite, wirre Idiotenlächeln, von dem er wußte, daß es dem Lieutenant an die Nerven ging. «Teufel», sagte er, «seit wann bin ich so unersetzlich für die Kompanie?» Pierce seufzte verdrossen. «Sehen Sie mal, Sie kennen doch die Lage in der Kompanie so gut wie jeder andere. Der Befehl sagt, wir sollen unsere Spezialisten vom technischen Dienst schicken, die besten, die wir haben. Leider haben wir überhaupt keine Besten. Also muß es auch mit Ihnen gehen, Schlappschwänze wie Sie sind alles, was wir bieten können.» Pierce war vom Reserve Officers' Training Corps und hatte am M.I.T. studiert. Er war gerade Oberleutnant geworden und mußte sich anstrengen, um nicht zuviel von seiner Macht zu spüren. Wenn er sprach, hörte man einen präzisen, trockenen Bostoner Akzent heraus. «Lieutenant», sagte Levine, «Sie waren auch mal jung. Ich hab 'ne Puppe in N' Orleans, die wartet auf mich. Geben Sie der Jugend ihre Chance. Funktechniker gibt's Hunderte, die besser sind als ich.» Der Lieutenant lächelte grimmig. Wann immer solche Dinge aufkamen, empfanden beide eine unausgesprochene und gegenseitige Achtung voreinander. Äußerlich konnten sie nichts miteinander anfangen. Aber jeder hatte das undeutliche Gefühl, dem anderen ähnlicher zu sein, als er es gerne zugab, ähnlich vielleicht wie ein verleugneter Bruder. Als Pierce nach Roach gekommen war und von Levine erfahren hatte, versuchte er anfangs, ihm ins Gewissen zu reden. «Sie vergeuden Ihre Talente, Levine», predigte er immer wieder. «Sie haben College-Abschluß, den höchsten IQ im ganzen verdammten Bataillon, und was machen Sie damit? Sitzen im elendsten Pestloch der ganzen Army herum und sehen zu, wie Ihr Hintern täglich breiter wird. Warum melden Sie sich nicht zu einem Offizierslehrgang? Wahrscheinlich würde man Sie sogar in West Point nehmen. Und warum sind Sie überhaupt freiwillig Soldat geworden?» Worauf Levine mit einem zögerlichen Grinsen, das weder wirklich reuevoll noch wirklich spöttisch war, zu antworten pflegte: «Tcha, ich dachte wohl, daß ich am besten in den Mannschaftsrängen bleibe und 'ne Karriere daraus mache.» Anfangs ging der Lieutenant regelmäßig in die Luft, wenn Levine so was sagte, er verlor fast die Beherrschung. Später drehte er sich einfach um und ging, und schließlich hatte er es aufgegeben, noch ernsthaft mit Levine zu reden. Jetzt sagte er: «Sie sind bei der Armee, Levine. Urlaub ist kein Recht, sondern ein Vorrecht.» Levine steckte seine Hände in die hinteren Hosentaschen. «Ach so», sagte er. «Na dann, okay.»

Er drehte sich um und ging langsam, die Hände in den Taschen, zum Tablettstapel hinüber. Er griff sich ein Tablett und das Besteck und stellte sich an der Theke an. Es war wieder Stew. Donnerstag schien immer Stew-Tag zu sein. Er ging zu dem Tisch, an dem Picnic schon beim Essen war, und sagte: «Gespannt, was ich habe?»

«Kein bißchen», sagte Picnic. Sie aßen und marschierten raus aus der Kantine und etwa eine Meile weit durch Sand und auf Beton, schweigend, mit schleppendem Schritt, während die Sonne auf sie herunterbrannte und sich durch die Helmeinsätze und die Haare bis zum Skalp voranarbeitete. Um Viertel vor eins kamen sie bei der Fahrbereitschaft an, wo die meisten anderen und sechs Dreivierteltonner mit Funkausrüstung im Laderaum schon auf sie warteten. Levine und Picnic stiegen in einen der Wagen ein, Picnic am Steuer, und sie folgten den anderen Fahrzeugen zu den Gebäuden ihrer Kompanie. Dort holten sie ihre Wäschesäcke und schmissen sie durch die Hecktür auf die Ladefläche.

Sie fuhren in südwestlicher Richtung los, mitten durch Sümpfe und an Farmland vorbei. Als sie in die Nähe des Städtchens De Ridder kamen, zeigten sich Wolken am südlichen Himmel. «Regen?» sagte Picnic. «Das hat uns noch gefehlt.» Levine hatte eine Sonnenbrille aufgesetzt und las wieder in seinem Paperback, irgendeinem Schmöker mit dem Titel *Das Weib aus den Sümpfen*. «Je länger ich drüber nachdenke», sagte er träge, «desto mehr glaub ich, daß ich diesem Lieutenant eines Tages eins in die Fresse hauen werde.»

«Ist 'n ziemlicher Mistkerl, isser», stimmte Picnic zu.

«Ich meine», sagte Levine und legte sich das Buch aufgeschlagen auf den Bauch, «manchmal wünsch ich mir fast, ich wär wieder in New York im College. Und das ist schlimm.»

«Schlimm wieso?» sagte Picnic. «Ich würde jeden Tag lieber zur Akademie zurückgehn, statt diesen Stumpfsinn hier zu machen.»

«Nein», sagte Levine und runzelte die Stirn, «du gehst nicht zurück. Ich selber kann mich nur an einziges Mal erinnern, wo ich zurückgegangen bin, und das war zu 'ner Puppe. Und es war auch schlimm.»

«Yeah», sagte Pic. «Du hast mir's erzählt. Du hättest zurückgehn sollen. Ich wünschte, ich könnte's. Auch wenn's nur zur Kaserne wäre, um zu schlafen.»

«Man kann überall schlafen», sagte Levine. «Ich jedenfalls.»

In De Ridder bogen sie nach Süden ab. Genau vor ihnen, grau und bedrohlich, türmten sich die Wolken. Zu beiden Seiten erstreckte sich Sumpfgelände, grau und moosgrün und faulig riechend, das hin und wieder von kargem Farmland unterbrochen wurde. «Willst du das nach mir lesen?» fragte Levine. «Es ist ziemlich gut. Handelt nur von Sümpfen. Und von dieser Puppe, die in ihnen lebt.»

«Tatsächlich?» sagte Picnic, die Augen finster auf den Wagen vor ihnen geheftet. «Ich wollte, es gäbe so was in den Sümpfen hier. Ich würde mir 'ne Hütte bauen, irgendwo tief drin, wo Uncle Sam mich niemals findet.»

«Klar würdest du das», sagte Levine.

«Jedenfalls weiß ich verdammt genau, daß *du* das tätest.»

«Bis ich genug hätte, zumindest», sagte Levine.

«Warum legst du dir eigentlich keine Familie zu, Nathan», sagte Picnic. «Suchst dir ein nettes, ruhiges Mädchen und ziehst mit ihr in den Norden?»

«Weil mein Herz der Armee gehört», sagte Levine.

«Ihr Dreißiger seid alle gleich. Glaubt Pierce dir eigentlich dieses Gerede vom Verlängern noch?»

«Weiß nicht. Ich glaub nicht, warum sollte er. Aber vielleicht sag ich ja die Wahrheit und

24

leg noch ein paar Jahre zu. Am besten warten wir's einfach ab, bis es soweit ist.»

Sie fuhren etwa zwei Stunden so weiter, wobei sie in regelmäßigen Abständen Wagen als Relaisstationen für die Funkverbindung nach Ft. Roach zurückließen; als sie in den Außenbezirken von Lake Charles ankamen, waren nur noch zwei Wagen übrig. Rizzo, der mit Baxter voranfuhr, winkte Levine und Picnic an den Straßenrand. Der Himmel war inzwischen ganz bedeckt, und es wehte ein leichter Wind, der sie in ihrer durchgeschwitzten Arbeitskluft frösteln machte. «Suchen wir uns eine Kneipe», sagte Rizzo, «und warten, bis der Lieutenant nachkommt.» Rizzo war Unterfeldwebel und der Intellektuelle der Kompanie. Man konnte ihn auf seinem Feldbett bei der Lektüre von *Das Sein und das Nichts* oder *Form und Bedeutung in der modernen Lyrik* antreffen, wogegen er den Krimis, Western oder Sexromanen, die ihm die Kameraden unverdrossen auszuleihen versuchten, nur Verachtung schenkte. Er, Picnic und Levine hielten oft lange nächtliche Palaver im PX oder in der Imbißstube ab, wobei es meistens Rizzo war, der den Löwenanteil der Konversation bestritt. Sie fuhren in das Städtchen hinein und fanden ein ruhiges Lokal in der Nähe einer

High School. Ein paar Schüler hingen an der Bar, sonst war der Laden leer. Sie suchten sich einen Tisch im Hintergrund, und Rizzo verschwand aufs Klo, Baxter in Richtung der Tür. «Bin gleich zurück», sagte er, «ich hol 'ne Zeitung.» Levine saß da und trank sein Bier und brütete. Er hatte oft diese Gewohnheit, seine Lippen zu spitzen wie Marlon Brando und sich in der Achselhöhle zu kratzen. Manchmal, je nach Laune, machte er leise Affengeräusche dazu. «Picnic, wach auf», sagte er schließlich. «Der General kommt.»

«Du mich auch», sagte Picnic.

«Sei nicht so sauer», sagte Rizzo, der vom Klo zurückkam. «Mach's wie ich oder der Fettarsch hier, immer fröhlich und vergnügt.»

In diesem Augenblick kam Baxter mit einer Zeitung reingerannt, ganz aus dem Häuschen. «Hey», rief er, «wir sind in den Schlagzeilen.» Es war ein Lokalblatt aus Lake Charles, und als er es auf dem Tisch auseinanderfaltete, sah man diese seitenbreite, fette Schlagzeile: 250 VERMISSTE NACH HURRICANE. «Hurricane?» sagte Picnic. «Wer zum Teufel hat was von einem Hurricane gesagt?»

«Vielleicht kriegt die Navy keine Maschine hoch», sagte Rizzo, «und nun sollen wir das Auge suchen oder sowas.»

«Bin aber doch gespannt, wie's dort draußen aussieht», sagte Baxter nachdenklich. «Himmelherrgott, es muß schon ziemlich schlimm sein, wenn sie überhaupt keine Nachrichtenverbindungen mehr haben.»

Der Hurricane, so stellte sich heraus, hatte eine kleinere Ortschaft namens Creole, die etwa zwanzig Meilen von Lake Charles auf einer Insel, oder eher einem Höhenrücken, im Bayou-Gebiet an der Golfküste lag, so gut wie völlig ausgelöscht. Das ganze Schlamassel ging offensichtlich auf eine Panne beim Wetterdienst zurück: Am Mittwoch nachmittag, als die Bewohner des Ortes mit der Evakuierung begannen, hatten die Wetterfrösche eine Meldung herausgegeben, wonach der Hurricane nicht vor der Nacht von Donnerstag auf Freitag zu erwarten sei. Die Leute wurden aufgefordert, die Straßen nicht zu verstopfen. Sie hätten noch eine Menge Zeit. Irgendwann zwischen Mitternacht und drei Uhr früh am Donnerstag schlug der Hurricane zu, genau auf Creole. Die Nationalgarde sei alarmiert, hieß es weiter im Artikel, ebenso das Rote Kreuz, die Army und die Navy. Die Luftwaffe versuchte, von ihrer Basis in Biloxi Flugzeuge in die Luft zu bringen,

27

aber die Wetterbedingungen waren miserabel. Eine der großen Ölgesellschaften stellte mehrere Hochseeschlepper für die Bergungsarbeiten zur Verfügung. Creole würde wahrscheinlich zum Katastrophengebiet erklärt werden. Und so weiter. Sie tranken noch ein paar Bier und redeten vom Hurricane, und alle waren sich einig, daß sie sich in den nächsten Tagen wahrscheinlich ihren Arsch abarbeiten würden, was zu einigen obszönen und gereizten Äußerungen über das Wesen der amerikanischen Armee führte. «Dann laßt euch doch verlängern», höhnte Rizzo, «euch bleibt noch Zeit, ihr werdet noch genommen. *Ich* hab verdammte 382 Tage vor mir. Herr im Himmel, ich steh das nie durch.» Levine grinste. «Blödsinn», sagte er, «du bist verbittert, das ist alles.» Als sie die Kneipe verließen, regnete es, und es war kühler geworden. Sie kletterten in ihre Wagen und kurvten durch Pfützen aus dem Ort hinaus zu dem Treffpunkt, den Lieutenant Pierce mit ihnen ausgemacht hatte. Es war noch keine Spur von ihm zu sehen. Levine und Picnic saßen in ihrem geparkten Fahrzeug und hörten dem Regen zu, der auf das Dach trommelte. Levine zog das *Weib aus den Sümpfen* aus der Tasche und las weiter.

Nach einiger Zeit kam Rizzo herüber und

pochte ans Fenster. «Der General kommt», sagte er und deutete die Straße hinunter. Durch den Regen hindurch konnten sie einen Jeep mit einer verdreckten Gestalt in Khaki am Steuer erkennen. Der Jeep hielt neben Rizzos Wagen, und der Fahrer sprang heraus und kam mit unsicheren Schritten auf Rizzo zugelaufen. Er war unrasiert und hatte rotgeränderte Augen. Seine Uniform war zerfetzt und schmutzig, und seine Stimme zitterte leicht, als er zu sprechen begann. «Seid ihr von der Nationalgarde?» fragte er lauter, als es nötig gewesen wäre. «Ha», bellte Rizzo zurück, «bloß das nicht. Wir sehen vielleicht so aus, aber wir sind's nicht.»

«Ach so.» Er drehte sich um, und Levine erkannte mit einem leisen Schreck die beiden silbernen Balken auf seinen Schulterklappen. Dann schüttelte der Mann den Kopf: «Es ist ziemlich ungemütlich dort draußen», murmelte er und ging zurück zu seinem Jeep.

«Tut mir leid, Sir», rief ihm Levine nach. Und nach einem Augenblick, leiser: «Gott im Himmel, Rizzo, hast du das gesehen?»

Rizzo lachte. «Der Krieg ist die Hölle», sagte er mitleidlos.

Sie hockten noch eine weitere halbe Stunde herum, bis der Lieutenant endlich auftauchte. Sie erzählten ihm von dem Hauptmann, der die Nationalgarde suchte, und von dem Zeitungsartikel über den Hurricane. «Okay, setzen wir uns in Bewegung», sagte Pierce. «Dort hinten machen sie uns die Hölle heiß wegen der Funkverbindung.»

Wie sich rausstellte, hatte die Army das McNeese State College am Stadtrand requiriert und zum Hauptquartier für ihre Operationen gemacht. Es war schon dunkel, als die beiden Wagen von einer der stillen Campus-Straßen in einen großen, grasbewachsenen Innenhof einbogen. «Hey», brüllte Picnic zu Baxter, «sehn wir mal, wer seinen zuerst hochkriegt.» Sie stellten die zwölf Meter hohen Antennenmasten auf. Baxter und Rizzo gewannen. «Auch recht», sagte Levine, «kauf euch ein Bier, sobald wir diesen ganzen Schrott am Laufen haben.» Picnic machte sich über den TCC 3 her, und Levine begann, den AN/GRC 10 zu installieren. Etwa um Mitternacht stand die Funkverbindung.

Baxters Kopf erschien in der Hecktür des Wagens. «Ihr beiden schuldet uns ein Bier», sagte er.

«Hast du 'ne Ahnung, wo hier die Kneipen sind?» fragte Levine. «Du bist doch unser College-As», sagte Baxter. «Du und Rizzo. Ihr müßtet eigentlich wittern, wo's langgeht.»

«Ja, Nathan», sagte Picnic sanft, während

er von seinem TCC 3 aufblickte. «Du mußt dich hier doch wie ein Alter Herr fühlen.»

«Klar», sagte Levine, «klar, zurück zum Klassentreffen. Warum geb ich dir eigentlich keine übers Maul oder so was.»

«Warum spendierst du uns kein Bier?» sagte Baxter.

Ein paar Häuserblocks weiter entdeckten sie eine kleine Studentenkneipe. In McNeese fanden gerade Sommerkurse statt, so daß sie einige Pärchen drinnen vorfanden, die zu Rhythm-and-Blues-Platten tanzten. Außer dem gab es ein Regal mit Bierkrügen, auf denen Namen standen. Es war diese Art von Lokal. «Na ja», sagte Baxter fröhlich, «Bier ist Bier.»

«Laßt uns ein paar Studenten-Trinklieder singen», sagte Rizzo. Levine starrte ihn an. «Das meinst du nicht im Ernst?» sagte er.

«Was mich betrifft», sagte Baxter, «ich hatte nie viel übrig für diesen College-Kram. Nach meiner Erfahrung geht nichts über die Erfahrung.»

«Verräter», sagte Rizzo. «Du erfreust dich der Gesellschaft von drei der Top-Intellektuellen der Armee.»

«Laß mich draußen», sagte Levine ruhig. «Ich bin ein Karrierehengst, sonst nichts.»

«Das will ich meinen, Nathan», sagte Bax-

31

ter. «Hast deinen College-Abschluß und stehst um nichts besser da wie ich, der nie über die High School rausgekommen ist.»

«Levines Problem», sagte Rizzo, «besteht darin, daß er so ungefähr der faulste Sack der ganzen Army ist. Er will nicht arbeiten, und deshalb scheut er sich auch, Wurzeln zu schlagen. Er ist ein Samenkorn, das sich auf steiniges Gelände sät, auf karge Krume.»

«Und wenn die Sonne höher steigt», grinste Levine, «versengt sie mich, und ich verdorre. Warum, zum Teufel, glaubst du, daß ich so viel in der Kaserne rumhänge?»

«Rizzo hat recht», sagte Baxter, «eine steinigere als Ft. Roach in Louisiana findest du nicht.»

«Jedenfalls findest du nirgends eine heißere Sonne, das steht mal fest», sagte Picnic. Sie blieben sitzen und tranken und redeten bis drei Uhr morgens. Als sie zu ihrem Wagen zurückkamen, sagte Picnic: «Mann, dieser Rizzo redet wirklich 'ne Menge.» Levine faltete seine Hände über dem Bauch und gähnte. «Irgendeiner muß wohl», sagte er.

Bei Tagesanbruch erwachte Levine von einem brüllenden Geräusch, einem schädelzerfetzenden Geknatter draußen in der Mitte des Hofgevierts. «Arrgh», sagte er und preßte sich die Hände an den Kopf, «was zum Teufel ist das?» Es regnete nicht mehr, und Picnic war schon draußen. «Sieh dir das an», sagte er. Levine steckte seinen Kopf ins Freie und riskierte einen Blick. Hundert Meter entfernt stiegen einer nach dem anderen, wie riesige Insekten, Armeehubschrauber auf, um nach den Überresten von Creole zu suchen. «Verdammt will ich sein», sagte Picnic: «Die haben die ganze Nacht hier rumgestanden.» Levine schloß seine Augen und rutschte zurück. «Die Nächte sind ziemlich finster hier», sagte er und döste wieder weg. Er erwachte gegen Mittag, hungrig, mit einem pochenden Gefühl im Kopf. «Picnic», grunzte er, «wo zum Teufel kriegt man hier Futter?» Picnic schnarchte. «Hey», Levine packte ihn beim Kopf und schüttelte ihn. «Häh?» sagte Picnic. «Ich sagte, ich möchte wissen, ob's hier irgendwo 'ne Feldküche oder so was gibt», sagte Levine. Rizzo kletterte aus seinem Wagen und kam herüber. «Herrgott, seid ihr ein faules Volk», sagte er, «wir sind schon seit zehn Uhr auf.» Draußen auf der Grünfläche starteten immer noch Hubschrauber oder kehrten mit Überlebenden zurück. Krankenwagen und Schwärme von Ärzten und Sanitätern standen in Bereitschaft. Zweieinhalbtonner, Jeeps und Kombis waren überall auf dem Gelände abge-

33

stellt, und alle Sorten Militär, die meisten in Arbeitskluft, dazwischen höhere Chargen in Khaki, liefen durcheinander. «Mein Gott», sagte Levine, «was ist über diesen Ort gekommen.»

«Zeitungsfritzen sind auch da, Fotografen von *Life* und wahrscheinlich auch ein paar Wochenschau-Teams», sagte Rizzo. «Das ist jetzt ein Katastrophengebiet. Offiziell.»

«Meine Güte», sagte Picnic und kniff die Augen zusammen. «Mann, schau dir den Auftrieb an!» Obwohl zur Zeit nur Ferienkurse stattfanden, schien eine ganze Menge gutaussehender Studentinnen in dem olivgrauen Getümmel herumzustreunen. Baxter jubilierte. «Ich hab's gewußt», sagte er, «wenn ich nur lang genug durchhalte in Roach, wird etwas Glückliches passieren.»

«Wie in der Bourbon Street am Zahltag», sagte Rizzo.

«Erinnre mich bloß nicht daran», sagte Levine. Dann, nach einer Denkpause: «Obwohl, ob hier oder in New Orleans – ach, Scheiße.» Ungefähr zwanzig Meter entfernt entdeckte er einen Zweieinhalbtonner mit der Aufschrift «131. Funkbataillon» an der Seite. Eine Stoßstange fehlte, und das Blech war rundherum verbeult. «Hey, Douglas», brüllte er. Ein schlaksiger, rothaariger Gefreiter, der gegen das Vorderrad gelehnt saß, blickte hoch. «Ja verdammich», rief er zurück, «wo habt denn ihr so lang gesteckt?» Levine ging zu ihm rüber. «Seit wann bist du schon hier?» fragte er. «Tscha», sagte Douglas, «ich und Steele haben's gleich vorgestern nacht probieren dürfen, ob man durchkommt. Unmittelbar nachdem's passiert war. Der verdammte Hurricane hat unsern guten alten Zweieinhalbtonner von der Straße gepustet wie nichts.» Levine besah sich den Wagen. «Und wie sieht's aus dort draußen?» fragte er. «Schwer zu sagen», sagte Douglas. «Die einzige Brücke, die rüberführt, ist unterbrochen. Die Pioniere schuften sich ihren Arsch ab, um eine Pontonbrücke klarzukriegen. Nach dem, was ich höre, hat man noch nie 'ne Stadt gesehen, die dermaßen zugerichtet war. Das Wasser steht an die zweieinhalb Meter hoch, und das einzige, was es nicht umgelegt hat, ist das Gerichtsgebäude, weil das aus Beton ist. Und Wasserleichen, Mannomann, ganze Bootsladungen werden an Land gebracht und aufgeschichtet wie Feuerholz. Stinkt ziemlich schlimm.»

«Okay, das reicht, du fröhlicher Bastard», sagte Levine. «Ich hab noch nicht gefrühstückt.»

«Mann, du wirst dich 'ne ganze Weile mit Thermoskaffee und belegten Broten begnügen müssen», sagte Douglas. «Hier schwirren überall gute Feen rum, die dir's hinhalten. Belegte Brote und Kaffee, mein ich. Von der andern Sorte hab ich keine gesehen, jedenfalls bis jetzt noch nicht.»

«Keine Sorge», sagte Levine, «die kriegst du noch zu sehen. Die kriegen wir alle zu sehen. Und zwar besser heute als morgen, weil ich meinen Urlaub nicht für nichts und wieder nichts verschenke.» Er ging zurück zum Wagen. Picnic und Rizzo hockten auf der Stoßstange, aßen belegte Brote und tranken Kaffee.

«Wo habt ihr das her?» fragte Levine. «Da ist 'ne gute Fee vorbeigeschwirrt», sagte Rizzo. «Verdammt will ich sein», sagte Levine. «Einmal in seinem Leben hat dieser verkiffte Penner die Wahrheit gesagt.»

«Bleib einfach hier in der Gegend», sagte Rizzo. «Es wird schon eine kommen.»

«Da wär ich nicht so sicher», sagte Levine, «ich könnte genausogut verhungern. Bin schon immer so ein Glückspilz gewesen.» Er deutete mit einer Kopfbewegung auf eine Gruppe von Studentinnen und spürte plötzlich eine seltsame Vertrautheit, die auch schon eine ganze Zeit im Winterschlaf gele-

36

gen hatte, und er sagte zu Rizzo: «Es ist verdammt lange her.»

Rizzo ließ ein trockenes Lachen hören. «Was ist, hast du Heimweh oder was?» sagte er. Levine schüttelte den Kopf. «Nicht wirklich. Was ich meine, ist eine Art Ringschaltung. Alle senden auf der gleichen Frequenz. Und nach einiger Zeit vergißt du, daß es noch ein ganzes Spektrum gibt, du hältst diese Frequenz für die einzige, die zählt oder überhaupt existiert. Während draußen, überall sonst im Land, alle diese wunderbaren Farben sind und Ultraviolett- und Röntgenstrahlen und was weiß ich.»

«Findest du nicht, daß Roach auch zu so einer Ringschaltung gehört?» sagte Rizzo. «McNeese ist nicht die Welt, aber Roach bringt auch kein Spektrum auf die Beine.»

Levine schüttelte den Kopf. «Ihr Wehrpflichtigen seid alle gleich», sagte er.

«Ja, ja, die alte Leier. Nur das Berufsheer bringt dich weiter. Aber wohin?»

Eine kleine Blondine kam mit einem Korb voller belegter Brote und Kaffee in Pappbechern vorbei. «Das war knapp, Schätzchen», sagte Levine. «Du hast mich vor dem sicheren Tod gerettet.» Sie lächelte ihn an. «Ach, so schlecht siehst du gar nicht aus.»

Levine nahm sich drei oder vier Sandwiches und einen Becher Kaffee. «Du auch nicht», sagte er verfänglich. «Heutzutage machen sie die Bernhardiner ein ganzes Stück schnuckeliger als zu meiner Zeit.»

«Das ist ein ziemlich zweifelhaftes Kompliment», gab sie zurück, «aber immer noch weniger geschmacklos als alle anderen, die ich heute bekommen habe.»

«Sag mir deinen Namen, falls ich wieder Hunger kriege», sagte Levine. «Man nennt mich Butterblümchen», antwortete sie lachend. «Ein Scherzkeks», sagte Levine. «Warum tust du dich nicht mit Rizzo zusammen? Er kommt frisch vom College. Ihr könnt Rat mein Zitat spielen oder so was.»

«Mach dir nichts draus», sagte Rizzo. «Er kommt frisch vom Pflug.»

Ihr Gesicht leuchtete auf. «Und? Macht dir das Pflügen Spaß?»

«Später», sagte Levine und schlürfte seinen Kaffee.

«Gut, später», sagte sie. «Wir sehn uns irgendwo im Gelände.»

Rizzo grölte «Kommilitonin Betty» im Tenor und einer falschen Tonart, ein hinterhältiges Grinsen im Gesicht. «Halt's Maul», sagte Levine, «es ist nicht komisch.» — «Mann, du kämpfst dagegen an, stimmt's?» sagte Rizzo.

«Wer kämpft hier?» sagte Levine. «Hey», brüllte Douglas herüber, «ich bring einen Jeep zum Pier runter. Will irgend jemand mit?»

«Ich kümmere mich um den Funk», sagte Picnic. «Geh nur», sagte Baxter, «ich bleib lieber hier, wo die Puppen tanzen.» Rizzo lachte. «Ich werd ein wachsames Auge auf den Junior haben», sagte er, «damit er uns nicht die Jungfräulichkeit verliert.» Baxter zog die Stirn kraus. «Deine nächste Nummer ist die Nummer eins.»

Levine kletterte neben Douglas in einen der Jeeps des Bataillons, und sie rumpelten los. Am Rand des College-Geländes stießen sie auf eine geteerte Straße, deren Zustand immer schlechter wurde, je näher sie dem Golf kamen. Es gab kaum Anzeichen, daß der Hurricane hier durchgezogen war: Nur ein paar Bäume und Verkehrszeichen waren umgelegt worden, einige Dachziegel und Schindeln lagen verstreut am Boden. Douglas kommentierte, was zu sehen war, meist mit aufgeschnapptem Zahlenmaterial aus zweiter Hand, und Levine nickte abwesend dazu. Ihm begann zu dämmern, daß Rizzo vielleicht doch kein so unverbesserlicher Student war – daß der kleine Sergeant hin und wieder tatsächlich einen Fetzen Wahrheit in den Griff bekam. Und außerdem begann Levine sich Sorgen zu machen: irgendeine drastische Veränderung vorauszuahnen, die ihm vielleicht, nach drei Jahren Sand, Beton und Sonne, bevorstand. Womöglich lag's nur daran, daß dies der erste Campus war, den er seit seinem Abschluß am New York City College betreten hatte – andererseits mochte die Zeit einfach reif sein für eine Veränderung. Sich daheim in Roach einen unbewilligten Urlaub zu genehmigen oder auf eine dreitägige Sauftour loszuziehen würde vielleicht schon reichen, ihm dieses Gefühl zu nehmen, das er gerade als Monotonie zu erkennen begann.

Am Pier herrschte ein ähnliches Gedränge wie im College, aber weniger hektisch, offensichtlicher einem Plan folgend. Die Boote der Ölgesellschaft brachten bündelweise die Leichen herein, ein Arbeitskommando hievte sie an Land, Sanitäter sprühten eine konservierende Flüssigkeit darüber, damit sie nicht in Stücke fielen, ein weiteres Arbeitskommando verlud sie auf Zweieinhalbtonner, und die Zweieinhalbtonner karrten sie dann weg. «Sie werden in irgendeine Schulturnhalle gebracht», sagte Douglas zu Levine, «alles voller Eis dort. Es ist ein höllischer Job, sie zu identifizieren. Im Wasser quellen die

Gesichter auf oder so was.» Der Geruch der Verwesung hing in der Luft, wie Wermut, schien es Levine, wenn man schon die ganze Nacht davon getrunken hat. Das Leichenkommando arbeitete präzise, rationell, wie am Fließband. Hin und wieder wandte sich einer der Männer ab, um sich zu übergeben, aber die Arbeit floß ohne Unterbrechung weiter. Levine und Douglas saßen da und sahen den Leichenschleppern zu, während der Himmel dunkler wurde und immer mehr vom Licht der unsichtbaren Sonne verlor. Ein alter Hauptfeldwebel kam zu ihnen herüber und lehnte sich an den Jeep, und sie redeten eine Weile. «Ich war in Korea», sagte er, nachdem eine der Leichen zu fest angepackt worden war und sich in Einzelteile aufgelöst hatte, «ich kann's verstehen, wenn *Kerle* aufeinander schießen, wenn sie sich gegenseitig umbringen – aber das hier...» Er schüttelte den Kopf. «Herr im Himmel.» Offiziere schlenderten herum, aber keiner schien von Douglas und Levine Notiz zu nehmen. Trotz der maschinenhaften Perfektion war etwas Improvisiertes, Informelles an der ganzen Aktion: fast niemand trug seine Uniformmütze, hier und da blieb ein Oberst oder ein Major stehen und plauderte mit den Sanitätern. «Wie im Gefecht», sagte der Hauptfeldwebel. «Alle Regeln sind außer Kraft. Zum Teufel, wer braucht sie überhaupt?» Levine und Douglas blieben bis halb sechs, dann fuhren sie zurück. «Wo findet man hier 'ne Dusche», fragte Levine, «oder findet man keine?» Der Gefreite grinste. «'n Kumpel hab ich, der war gestern abend in einem Wohnheim für Studentinnen zum Duschen», sagte er. «Schätze, du kannst so gut wie überall reingehen.»

Als sie zu den Wagen zurückkamen, schaute Levine bei Picnic vorbei. «Verdrück dich», sagte er. «Und wenn du irgendwo 'ne Dusche findest, laß es mich wissen.»

«Verdammt, du hast recht», sagte Picnic. «Irgendwie haben wir Juli, stimmt's?» Levine nahm seinen Platz am Angry Ten ein und hörte eine Weile in die Ringschaltung rein. Auf der gemeinsamen Frequenz war nicht viel los. Nach einer halben Stunde kam Picnic zurück. «Wozu der Mist», sagte er, «Rizzo dort drüben hat auch die Hörer auf. Wenn er den Profi spielen will, dann brauchen wir nicht schwitzen. Was du tun mußt, ist folgendes: du gehst an der Kapelle vorbei und etwa einen Block weiter, dann kommt dieses Wohnheim. Du kannst es nicht verfehlen. Alle möglichen Leute gehen rein und raus.»

«Danke», sagte Levine, «dauert nur fünf Minuten. Dann gehen wir ein Bier trinken oder sonst was.» Er kramte frische Unterwäsche, einen neuen Arbeitsdrillich und die Rasierutensilien aus seinem Wäschesack und ging hinaus in die schwülwarme Dunkelheit. Immer noch landeten und starteten Hubschrauber, die mit ihren Scheinwerfern und Positionslampen aussahen, als kämen sie direkt aus einem Science-fiction-Film. Levine fand das Wohnheim, ging hinein, duschte und rasierte sich, zog die frischen Sachen an. Als er zurückkam, las Picnic im *Weib aus den Sümpfen*. Sie zogen los und entdeckten eine andere Kneipe, die lauter war und überfüllt mit Freitagabendgästen. Sie erspähten Baxter, der sich ein Mädchen unter den Nagel zu reißen versuchte, dessen Begleiter schon zu besoffen war, um es auf eine Prügelei ankommen zu lassen. «O Gott», sagte Levine. Picnic starrte ihn an. «Ich will ja nicht wie Rizzo klingen», sagte er, «aber was ist eigentlich los mit dir, Nathan? Was ist aus dem unerschütterlichen Landser geworden, den wir kannten und liebten? Hat dich die Vergangenheit am Wickel, oder stehst du am Rand einer intellektuellen Krise oder was?»

Levine zuckte mit den Schultern. «Wahrscheinlich ist es nur mein Magen», sagte er.

«Nach all den Jahren, wo ich meinen Bierbauch hier gehätschelt und gepflegt habe, kommen plötzlich diese Wasserleichen und drehen mir den Magen um.»

«Muß ziemlich schlimm sein», sagte Picnic. «Yeah», sagte Levine. «Reden wir von was anderem.»

Sie saßen da und beobachteten die College-Zöglinge und gaben sich alle Mühe, es mit der Neugier eines Zoobesuchers zu tun, der nie dazugehört hatte und niemals einen solchen Wunsch verspüren würde. Die Blondine, die sich Butterblümchen nannte, kam an ihren Tisch und sagte: «Rat mein Zitat.»

«Ich kenn ein besseres Spiel», sagte Levine.

«Ha, ha», sagte die Blonde und nahm Platz. «Meine Verabredung war nicht gut», erklärte sie, «er mußte wieder heimgehen.»

«Sät nicht, erntet nicht, und doch!» sagte Picnic.

«Schwer gearbeitet heute?» fragte das Butterblümchen mit einem hellen Lächeln. Levine lehnte sich zurück und legte seinen Arm achtlos um ihre Schultern. «Schwer arbeite ich nur, wenn sich's auch lohnt», sagte er und sah ihr in die Augen, und sie versuchten beide eine Zeitlang, den anderen zum Wegschauen zu zwingen. Dann lächelte

Levine mit einer Art von unterkühltem Triumph und fügte hinzu: «Oder wenn das Ziel in Reichweite ist.»

Sie zog die Augenbrauen in die Höhe. «Vielleicht könntest du dir's sogar dann ein wenig leichter machen», sagte sie.

«Hast du für morgen abend schon was vor?» sagte Levine. «Dann können wir's rausfinden.» Ein Südstaatenjüngling im Cordjackett kam an den Tisch getorkelt und warf einen Arm um ihren Hals, wobei er Picnics Bier umstieß. «Ach herrje», sagte sie, «du bist zurück?» Picnic starrte mit trüber Miene auf seine durchweichte Arbeitskluft. «Was für ein prima Grund für eine Keilerei», sagte er. «Wie wär's, Nathan?» Baxter hatte lange Ohren gemacht. «Yeah», sagte er, «das läßt sich hören, Bennybuddy.» Er schlug einen wilden Kreis mit der geballten Faust, ohne jemand Bestimmten zu meinen, und traf die Schläfe von Picnic, der vom Stuhl sackte. «Um Gottes willen», sagte Levine und blickte forschend nach unten, «bist du in Ordnung, Benny?» Picnic gab keine Antwort. Levine zuckte mit den Schultern. «Faß an, Baxter, wir müssen ihn zurückbringen. Tut mir leid, Butterblümchen.» Sie hievten Picnic hoch und schleppten ihn zurück zum Wagen.

Am nächsten Morgen war Levine um sieben Uhr wach. Er wanderte eine Weile auf dem Campus herum, bis er einen Becher Kaffee aufgetrieben hatte, und nach dem Frühstück traf er eine jener Augenblicksentscheidungen, über die man sich später immer gerne wundert. «Hey, Rizzo», rief er und schüttelte den Sergeant wach: «Falls mich wer sucht, der General oder der Verteidigungsminister, dann sag, ich hab zu tun, okay?» Rizzo murmelte irgend etwas, das vielleicht obszön war, und rollte sich zurück in den Schlaf.

Levine ließ sich von einem Jeep des Bataillons zum Pier mitnehmen, wo er eine ganze Zeit herumlungerte und zusah, wie immer neue Leichen angelandet wurden. Als eins der Boote fast entladen war, schlenderte er dann zum Landungssteg hinunter und stieg einfach an Bord. Niemand schien ihn zu beachten. Ein halbes Dutzend Uniformierte und ebenso viele Zivilisten waren auf dem Kahn, saßen und standen herum, aber sprachen kein Wort. Schweigend zogen sie an ihren Zigaretten oder starrten auf die grauen Sümpfe hinaus, die langsam vorbeizogen. Sie passierten die Pontonbrücke, die die Pioniere jetzt fast fertig hatten, und schoben sich auf der anderen Seite zwischen zerspellten Bäumen und herumdümpelndem Treibgut hindurch. Sie tuckerten über Creole dahin, vorbei an den oberen Stockwerken des Gerichtsgebäudes, und nahmen Kurs auf die weiter draußen liegenden Farmen, die noch standen und wo noch niemand gesucht hatte. Hin und wieder knatterte ein Hubschrauber über ihren Köpfen vorbei. Die Sonne stieg höher, verwaschen hinter einer dünnen Wolkendecke, und heizte die dampfige, stehende Luft über den Sümpfen auf.

Das war es vor allem, woran sich Levine später erinnerte, der merkwürdige atmosphärische Effekt von grauer Sonne über grauem Sumpf, und wie die Luft sich anfühlte und roch. Zehn Stunden lang kreuzten sie über dem Gelände und suchten nach Toten. Einen pflückten sie von einem Stacheldrahtzaun. Er hing daran wie ein närrischer Ballon, wie eine Travestie – bis sie ihn berührten, worauf er *plop* machte, zischte und zusammenfiel. Sie holten sie von Dächern, aus Baumkronen, sie fanden sie im Wasser treibend oder gefangen in den Trümmern ihrer Häuser. Levine arbeitete wortlos wie die anderen, die heiße Sonne im Gesicht und auf dem Nacken, den Gestank der Sümpfe und der Leichen in seinem Atem, und er ließ das alles einfach geschehen, weder ganz unwillig, darüber nachzudenken, noch gänzlich unfähig dazu, nur mit einem deutlichen Gefühl, daß die Situation keine Gedanken und keine Rationalisierungen erforderte. Er sammelte Wasserleichen auf. Das war's, was er machte, sonst nichts. Als der Schlepper gegen sechs Uhr abends wieder anlegte, um seine Toten auszuladen, ging Levine ebenso gleichgültig davon, wie er an Bord gestiegen war. Er sprang auf einen Zweieinhalbtonner, der zurück zum College fuhr, hockte verdreckt auf der Ladefläche, spürte die Erschöpfung und ekelte sich vor seinem eigenen Geruch. Er holte sich saubere Kleidung aus dem Sendewagen, kümmerte sich nicht um Picnic, der mit dem *Weib aus den Sümpfen* fast fertig war und schon den Mund aufgeklappt, aber dann doch besser geschwiegen hatte, ging zum Studentenheim und stand dort lange unter der Dusche, die er sich als einen Regenschauer vorstellte, als Sommer- und als Frühlingsregen, als jeden Regen, der jemals auf ihn gefallen war, und als er in einer sauberen Uniform aus dem Heim herauskam, stellte er fest, daß es schon wieder dunkel war.

Im Wagen buddelte er seine blaue Baseballmütze aus dem Wäschesack heraus und setzte sie sich auf. «Du schmeißt dich in Schale?» sagte Picnic. «Was liegt an?»

«Verabredung», sagte Levine.

«Prächtig», sagte Picnic, «ich seh das gern, wenn junge Menschen zueinander finden. Es ist einfach aufregend.»

Levine blickte ihn an, tödlich ernst. «Nein», sagte er. «Nein, ich glaube, es ist einfach Massenträgheit.»

Er ging zu Rizzos Wagen rüber und erleichterte den schlafenden Sergeant um eine Packung Zigaretten und eine De-Nobili-Zigarre. Als er sich gerade davonmachen wollte, schlug Rizzo ein Auge auf. «Sieh an, der gute alte verläßliche Nathan», sagte er. «Schlaf weiter, Rizzo», sagte Levine. Er marschierte los, die Hände in den Hosentaschen, pfeifend, ungefähr in Richtung der Kneipe, wo er am Vorabend gewesen war. Der Himmel war sternenlos, eine Vorahnung von Regen hing in der Luft. Er ging durch die Laternenschatten von großen, häßlichen Kiefern, lauschte den Stimmen von Mädchen, dem Brummen von Autos, überlegte sich, was zum Teufel er hier verloren hatte, wo er doch nach Roach gehörte, und war sich ziemlich klar darüber, daß er nach seiner Rückkehr in Roach ebenso darüber rätseln würde, was zum Teufel er dort verloren hatte – daß er sich diese Frage von nun an vielleicht an jedem Ort stellen würde, an den es ihn verschlug. Einen Moment lang hatte er eine absurde Vision von sich selbst, Fettarsch Levine, als dem Ewigen Juden, wie er an Werktagsabenden in fremdartigen, namenlosen Städten mit anderen Ewigen Juden über die Grundprobleme der Identität debattierte, nicht so sehr der persönlichen Identität als der Identität von Orten, und auch darüber, mit welchem Recht man sich überhaupt an irgendeinem Ort befand. Er erreichte die Kneipe und ging hinein, und da war das Butterblümchen, das auf ihn wartete.

«Ich hab uns einen Wagen besorgt», lächelte sie. Er merkte plötzlich, daß sie mit einem leichten Südstaatenakzent sprach. «Hey», sagte er, «was trinkt man hier so?»

«Tom Collins», sagte sie. Levine trank Scotch. Ihr Gesicht wurde ernst. «Ist es schlimm dort draußen?» fragte sie. «Ziemlich schlimm», sagte Levine. Sie lächelte wieder, strahlend. «Immerhin ist dem College nichts passiert.»

«Dafür ist Creole 'ne ganze Menge passiert.»

«Tscha. Creole», sagte sie. Levine sah sie an.

«Du meinst, besser die dort als das College», sagte er.

«Na klar», grinste sie. Er tappte mit den

Fingern auf die Tischplatte. «Sag mal *out*», sagte er.

«*Oot*», sagte sie.

«Aha», sagte Levine. Sie tranken und redeten eine Zeitlang, meistens über Dinge, die mit dem College zu tun hatten, bis Levine schließlich den Wunsch zum Ausdruck brachte, sich das Bayou-Gebiet mal unter einem sternenlosen Himmel anzusehen. Sie verließen das Lokal und fuhren los, Levine am Steuer, hinunter zum Golf durch eine eng angeschmiegte Nacht. Sie saß dicht bei ihm, erregt und ungeduldig, Berührung suchend. Er sagte kein Wort, bis sie auf einen Feldweg deutete, der mitten in den Sumpf hineinführte. «Hier rein», flüsterte sie, «dort ist eine Hütte.»

«Ich fing schon an, mir Sorgen zu machen», sagte er. Um sie herum sangen sich Tausende von Fröschen einen unentwirrbaren Chorus aus enharmonischen Akkorden vor, gewissen doppeldeutigen Prinzipien zum Ruhm. Von den Seiten rückten Mangroven und Moos näher. Sie fuhren etwa eine Meile weit, bis sie zu einem verfallenen Gebäude kamen, am äußeren Rand der bewohnbaren Welt. Wie sich zeigte, lag eine Matratze drin. «Es ist nichts Besonderes», sagte Butterblümchen zwischen Atemzügen, «aber ein Dach über dem Kopf.» Sie drängte sich durch das Dunkel an ihn, mit einem leisen Zittern. Er tastete nach Rizzos Stumpen und zündete ihn an. Das Licht der Flamme flackerte auf ihrem Gesicht, und in den Augen war etwas zu sehen, was eine verspätete, erschrockene Einsicht in diesen speziellen Ackerknecht sein mochte, der offenkundig tiefer umgetrieben wurde als von der Sorge um den Wechsel der Jahreszeiten und die Fruchtbarkeit des Bodens – genau wie er schon früher erkannt hatte, daß ihre Fähigkeit zu geben nicht über den Katalog der Alltagsdinge, die Scheren, Messer, Uhren, Senkel oder Bänder, hinausging; so daß er das gleiche, beiläufige Mitgefühl für sie aktivierte, das er auch für die Heldinnen der Sexromane oder den übers Ohr gehauenen, aber machtlosen Braven Rancher in einem Western empfand. Er half ihr nicht beim Ausziehen und wartete stehend, nur noch im T-Shirt, mit der Baseballmütze auf dem Kopf und gelassen die Zigarre paffend, bis sie auf der Matratze lag und nach ihm girrte.

Rund um sie her erklang der urtümliche Gesang der Frösche, der sich – so schien es ihnen in der Verkrampfung, in der Betäubung, die ihnen doch eine seltsame Klarheit ließ, daß dies hier wenig mehr war als ein

Verhaken kleiner Finger, ein Anstoßen von Bierkrügen, eine Zweisamkeit à la McCalls – allmählich verdichtete und zu einem Orgelpunkt unter einem virtuosen Duett aus kleinen Schreien und Atemzügen wurde; während er, die Baseballmütze nonchalant in die Stirn gezogen, die Darbietung mit gelegentlichen Zügen an seiner Zigarre würzte und sie, eine niemals ganz bezwungene Pasiphae, an routinierte Beschützerinstinkte appellierte; bis sie dann beide, als es vorüber war, noch immer von blödsinnigem Froschgequake bestürmt, nebeneinander lagen, ohne sich zu berühren. «Inmitten des großen Todes», sagte Levine, «der kleine Tod.» Und wenig später: «Ha. Das hört sich an wie eine Bildunterschrift in *Life*. Mitten im Life. Vom Tode umgeben. O Gott.»

Sie fuhren zurück zum Sendewagen, und Levine sagte: «Wir sehn uns irgendwo im Gelände.» Sie lächelte ein wenig. «Komm doch vorbei und besuch mich, wenn du mal raus darfst», sagte sie und fuhr davon. Picnic und Baxter spielten Blackjack im Licht der Autoscheinwerfer. «Hey, Levine», rief Baxter, «ich bin flachgelegt worden heute abend.»

«Ah», sagte Levine. «Gratuliere.»

Am nächsten Tag kam der Lieutenant vorbei und sagte: «Sie können Ihren Urlaub jetzt nehmen, Levine, wenn Sie wollen. Wir haben alles unter Kontrolle. Sie sind jetzt nur noch Reserve.»

Levine zuckte mit den Achseln. «Na schön», sagte er. Es regnete. Als er wieder beim Wagen war, sagte Picnic: «Herr im Himmel, wie ich den Regen hasse.»

«Du und Hemingway», sagte Rizzo. «Merkwürdig, nicht wahr? T. S. Eliot mag Regen.»

Levine warf sich den Wäschesack über die Schulter. «Mit dem Regen ist das 'ne komische Sache», sagte er. «Er kann dumpfe Wurzeln aufwecken. Er kann sie bloßlegen und wegspülen. Ich werd an euch denken, Jungs, wie ihr hier bis zum Arsch im Wasser steht, wenn ich unten in der Sonne brate, in New Orleans.»

«Dann geh», sagte Picnic. «Geh schon.»

«Ach, übrigens», sagte Rizzo, «Pierce hat gestern nach dir gefragt, aber ich hab ihm irgendwas von einem Ersatzteil für den TCC erzählt. Hab dann aber selber eine ganze Zeit gebraucht, bis ich mir zusammenbuchstabiert hatte, wo du wirklich warst.» — «Herrgott, dann laß es mich wissen», sagte Levine leise. «Ich buchstabiere immer noch», grinste Rizzo. «Bis später, Leute», sagte Levine.

Er hielt einen Zweieinhalbtonner an, der zurück nach Roach fuhr. Als sie ein paar Meilen aus der Stadt heraus waren, sagte der Gefreite am Steuer: «Verdammt, es ist fast 'ne Erleichterung zurückzukommen.»

«Zurück?» sagte Levine. «Ach. Ja, wahrscheinlich.» Er beobachtete, wie die Scheibenwischer den Regen zur Seite drückten, und er lauschte dem Peitschen des Regens über das Dach. Nach einer Weile schlief er ein.

# Unter dem Siegel

Während der Nachmittag verrann, sammelten sich gelbe Wolken über der Place Méhémet Ali, die eine oder andere Ranke noch zurückgestreckt über die Libysche Wüste. Ein südwestlicher Wind strich leise die Rue Ibrahim herauf und quer über den Platz, brachte das Frösteln der Wüste herein in die Stadt.

So laßt es regnen, dachte Porpentine: bald regnen. Er saß an einem kleinen, schmiedeeisernen Tisch auf der Straße vor einem Café, trank seine dritte Tasse, rauchte türkische Zigaretten dazu und hatte seinen Ulster über die Lehne des Stuhls neben sich geworfen. Er trug leichten Tweed heute und einen Filzhut, an dem ein Schleier aus Musselin befestigt war, um seinen Nacken vor der Sonne zu schützen; er traute der Sonne nicht über den Weg. Doch nun ballten sich die Wolken zusammen, um sie auszulöschen. Porpentine rutschte auf seinem Stuhl, zog eine Taschenuhr aus der Weste, sah nach der Zeit, steckte sie wieder ein. Drehte sich dann ein weiteres Mal um und beobachtete die Europäer, die den Platz belebten: manche eilig unterwegs zur Banque Impériale Ottomane, andere müßig vor Schaufenstern oder im Begriff, sich in einem der Straßencafés niederzulassen. Seine Gesichtszüge waren sorgsam arrangiert: schlaff-dekadent, Roué im Wartestand; er hätte hier sein können, um sich mit einer Dame zu treffen.

All das zum Nutzen aller, die ein Auge dafür hatten. Gott wußte, wie viele es waren. In der Praxis reduzierte es sich auf jene, die in den Diensten Moldweorps standen, des Erzspions. Man behalf sich letztlich immer mit einem «Erzspion». Es mochte ein Rückfall in frühere Zeiten sein, als solche Beinamen eine Belohnung für jeden Beweis von Mannesmut und Tapferkeit gewesen waren. Oder es war nun, da das Jahrhundert seinem Ende entgegenstürmte – und mit ihm eine Tradition der Spionage, in der alles, stillschweigend, unter Gentlemen abgehandelt wurde; in der die Spielfelder von Eton auch das prämilitärische Verhalten, man konnte sagen: konditioniert hatten –, das Etikett zu einem Mittel geworden, Identitäten in dieser besonderen *haut monde* zu fixieren, ehe der Tod, individuell oder kollektiv, sie ein für allemal zum

Schweigen brachte. Porpentine seinerseits wurde *il semplice inglese* genannt, von jenen, die ein Auge auf ihn hatten.

Vorige Woche in Brindisi war ihre Anteilnahme gnadenlos gewesen, wie immer; es verlieh ihnen eine gewisse moralische Überlegenheit, da ihnen völlig klar war, daß Porpentine außerstande sein würde, sie zu erwidern. Sanftmütig und schafsgeduldig woben sie so ihre Pfade dergestalt, daß sie die seinen wie zufällig kreuzten. Spiegelten ihm auch seine ureigene Taktik wider: in den beliebtesten Hotels abzusteigen, die Cafés der Touristen zu frequentieren, immer auf den unverdächtigen Routen der Mehrheiten zu reisen. Was ihn gewiß am meisten empörte, als ob, da doch Porpentine diese professionelle Unauffälligkeit dereinst kreiert hatte, ihr Gebrauch durch andere – vor allem die Agenten Moldweorps – die Verletzung eines Urheberrechts bedeutete. Sie würden ihm, wo sie konnten, noch seinen unschuldigen Kinderblick stehlen, sein unbedarftes Puttolächeln. Fast fünfzehn Jahre lang hatte er sich ihrer Sympathie entzogen, seit jenem Winterabend des Jahres '83 in der Lobby des Hotels Bristol in Neapel, wo alles, was in der Maurerloge der Spione Rang und Namen hatte, herumsaß und zu warten schien: auf den Fall von

Khartum und darauf, daß die Krise in Afghanistan sich zu einem Punkt zuspitzte, der es erlaubte, von unvermeidlicher Apokalypse zu sprechen. Dort war er, wie er es hatte kommen sehen in irgendeinem Stadium des Spiels, Moldweorp von Angesicht zu schon gealtertem Angesicht gegenübergetreten, dem Altmeister und Maestro, hatte die Hand des alten Mannes besorgt auf seinem Arm gefühlt und seine ernste Stimme flüstern hören: «Die Dinge treiben der Krise entgegen; wir könnten dran sein diesmal, allesamt. Paßt gut auf Euch auf!» Was sollte er erwidern? Was stand ihm frei? Nur ein prüfender Blick, verzweifelt fast, ob eine noch so feine Spur von Falschheit sich in des anderen Zügen zeigte. Natürlich zeigte sich nicht das geringste; so daß er sich rasch abwandte, errötend und außerstande, eine gewisse Hilflosigkeit zu verbergen. Von seinem eigenen Vorwitz kaltgestellt, damals wie bei späteren Begegnungen, schien Porpentine inzwischen, in den Hundstagen des Jahres '98, ein anderer geworden zu sein, kälter und unwirsch. Sie würden nicht aufhören, sich eines so glücklichen Mediums zu bedienen; würden niemals nach seinem Leben trachten, niemals die Spielregeln antasten, nie außer Kraft setzen, was für sie zu einer Quelle des Vergnügens geworden war.

So saß er nun da und überlegte, ob ihm wohl einer der beiden aus Brindisi nach Alexandria gefolgt war. Sicher, daß er auf dem Schiff aus Venedig niemanden gesehen hatte, nahm er sich die anderen Möglichkeiten vor. Ein Dampfer des Österreichischen Lloyd aus Triest legte ebenfalls in Brindisi an: die einzige Alternative, die sie gehabt hatten. Heute war Montag. Porpentine war am Freitag abgereist. Der Dampfer aus Triest stach am Donnerstag in See und kam am Sonntagabend an. Woraus folgte, daß ihm (a) im zweitschlimmsten Fall noch sechs Tage blieben; oder im schlimmsten Fall (b), daß sie alles wußten. Was natürlich bedeuten würde, daß sie einen Tag vor Porpentine aufgebrochen und bereits hier waren.

Er beobachtete, wie die Sonne sich verdunkelte und der Wind die Akazienblätter über die Place Méhémet Ali wirbelte. In der Ferne wurde sein Name gerufen. Er drehte sich um und sah Goodfellow, blond und jovial, der mit langen Schritten durch die Rue Chérif Pacha auf ihn zukam, angetan mit dunklem Abendanzug und einem Tropenhelm, der zwei Nummern zu groß war. «Hallöchen!» rief Goodfellow. «Porpentine! Ich habe die Bekanntschaft einer bemerkenswerten jungen Dame gemacht!» Porpentine zündete sich eine neue Zigarette an und schloß die Augen. Goodfellows junge Damen waren unweigerlich bemerkenswert. Nach zweieinhalbjähriger Zusammenarbeit hatte man sich an die stetige Prozession weiblicher Anhängsel an Goodfellows rechtem Arm gewöhnt: als ob jede Hauptstadt Europas ein Margate wäre und die Strandpromenade einen ganzen Kontinent lang. Falls Goodfellow überhaupt wußte, daß die Hälfte seiner Bezüge jeden Monat einer ehelichen Gattin daheim in Liverpool überwiesen wurde, so ließ er es sich jedenfalls nicht anmerken: Er tobte sich aus, unbefangen, hoppla, jetzt komm ich. Porpentine hatte das Dossier seines Partners gesehen, aber schon vor einiger Zeit beschlossen, daß ihn zumindest die Ehefrau nichts anging. Jetzt hörte er Goodfellow zu, der einen Stuhl heranzog und in elendem Arabisch nach der Bedienung rief: «Hât fingân, kahwa bissukkar, jâ wäläd.»

«Goodfellow», sagte Porpentine, «Ihr braucht hier nicht –»

«Jâ wäläd, jâ wäläd», donnerte Goodfellow. Der Kellner war Franzose und verstand kein Wort Arabisch. «Ah», sagte Goodfellow, «also Kaffee. Café, verstehn?»

«Wie ist die Bude?» fragte Porpentine.

«Erste Klasse.» Goodfellow wohnte im

Hôtel Khédivial, sieben Straßenzüge weiter. Wegen einer vorübergehenden Finanzschwäche konnte sich nur einer der beiden die übliche Unterkunft leisten. Porpentine wohnte bei einem Freund im türkischen Viertel. «Was das Mädchen angeht», sagte Goodfellow. «Empfang heute abend im österreichischen Konsulat. Ihr Begleiter: Goodfellow, Linguist, Abenteurer, Diplomat...»

«Name?» sagte Porpentine.

«Victoria Wren. Reist mit Familie, *videlicet*: Sir Alastair Wren, F.R.C.O., Schwester Mildred. Mutter verstorben. Morgen Weiterreise nach Kairo. Cooks Tour nilaufwärts.» Porpentine wartete. «Ein fanatischer Archäologe», Goodfellow schien zu zögern. «Namens Bongo-Shaftsbury. Jung, hohlköpfig. Harmlos.»

«Aha.»

«Ts-ts. Nervös heute. Sollte weniger *café-fort* trinken.»

«Mag sein», sagte Porpentine. Goodfellows Kaffee wurde serviert. Porpentine redete weiter: «Aber letztendlich spielen wir ohnehin auf Risiko, das wißt Ihr ja. Darauf läuft es immer hinaus.» Goodfellow grinste abwesend und rührte in seinem Kaffee.

«Ich habe bereits Schritte unternommen. Bittere Rivalität um die Aufmerksamkeit der

63

jungen Dame zwischen Bongo-Shaftsbury und mir. Der Bursche ist ein absoluter Esel. Verrückt auf die thebanischen Ruinen bei Luxor.»

«Selbstredend», sagte Porpentine. Er stand auf und warf sich seinen Ulster über die Schultern. Es hatte zu regnen begonnen. Goodfellow reichte ihm ein kleines, weißes Kuvert mit dem Doppeladler auf dem Rücken. «Um acht, nehme ich an?» sagte Porpentine.

«Ganz genau. Ihr müßt dieses Mädchen kennenlernen.»

In welchem Augenblick Porpentine von einer seiner Heimsuchungen ergriffen wurde. Die Profession war einsam, ihr Preis ein ständiger, wenn auch nicht immer tödlicher Ernst. Von Zeit zu Zeit hatte er es einfach nötig, den Komiker zu spielen. «Hanswursteln» nannte er es und glaubte, daß es ihn menschlicher machte. «Ich werde mit einem falschen Schnurrbart erscheinen», informierte er Goodfellow nun, «in der Rolle eines italienischen Grafen.» Er ließ fröhlich die Hacken knallen, faßte eine unsichtbare Hand: «*Carissima signorina.*» Er verbeugte sich, küßte die Luft.

«Verrückter Kerl», von Goodfellow, leutselig.

«*Pazzo son!*» begann Porpentine mit einer bebenden Tenorstimme zu singen. «*Guardate, come io piango ed imploro…*» Sein Italienisch war keineswegs perfekt. Cockney-Modulationen tänzelten hindurch. Eine Gruppe englischer Touristen, die aus dem Regen ins Café gelaufen kam, blickte sich verwundert nach ihm um.

«Genug», schauderte Goodfellow. «Es war in Turin, ich erinnere mich. Torino, oder nicht? '93. Ich begleitete eine Marchesina mit einem Muttermal auf dem Rücken, und Cremonini sang den Des Grieux. Porpentine, Ihr entweiht eine geheiligte Erinnerung!»

Aber der hanswurstelnde Porpentine hüpfte in die Luft, schlug die Absätze zusammen, posierte mit einer geballten Faust vor der Brust, den anderen Arm ausgestreckt: «*Come io chiedo pietà!*» Der Kellner verfolgte den Auftritt mit einem gequälten Lächeln; es begann heftiger zu regnen. Goodfellow saß im Regen und nippte an seinem Kaffee. Schwere Tropfen pretterten auf seinen Tropenhelm. «Die Schwester ist auch nicht übel», bemerkte er, während Porpentine draußen auf dem Platz herumtollte. «Mildred ihr Name. Allerdings erst elf.» Allmählich fiel ihm auf, daß sein Anzug durchweicht wurde. Er erhob sich, legte einen Piaster und

65

eine Millième auf den Tisch und nickte Porpentine zu, der innegehalten hatte und ihn beobachtete. Abgesehen von dem Reiterstandbild Méhémet Alis war der Platz nun leer. Wie oft waren sie sich so schon gegenübergestanden, horizontal und vertikal zu Zwergen reduziert von der Spätnachmittagslandschaft irgendeines Platzes? Wollte man ihren Daseinszweck nur aus diesem Bild erschließen, so hätte es sich um unwichtige Schachfiguren handeln müssen, die man beliebig auf dem Brett Europa herumschieben konnte. Beide von einer Farbe (der eine freilich ehrerbietig schräg hinter seinem Chef), beide das Parkett jedes Botschaftsgebäudes nach Spuren der Opposition, das Gesicht jedes Standbilds nach einer Bestätigung ihrer Kraft (vielleicht, fatalerweise, ihres Menschseins) absuchend, gaben sie sich alle Mühe, niemals daran zu denken, daß jeder Platz einer Großstadt, gemieden oder nicht, schlußendlich ohne Seele bleibt. Bald wandten sich die beiden Männer, fast rituell, voneinander ab und gingen in entgegengesetzten Richtungen auseinander: Goodfellow zurück in sein Hotel, Porpentine durch die Rue Ras-et-Tin ins türkische Viertel. Bis acht Uhr abends würde er über der Allgemeinen Lage brüten.

Im Augenblick war es in jeder Hinsicht ein mieser Job. Sirdar Kitchener, Englands neuester Kolonialheld, vor kurzem siegreich bei Khartum, stand just in diesem Augenblick vierhundert Meilen weiter südlich am Weißen Nil, wo er plündernd im Dschungel herumzog. Ein General Marchand sollte sich angeblich in derselben Gegend herumtreiben. England wünschte keinerlei französischen Einfluß am Nil. M. Delcassé, Minister des Auswärtigen in einem neugebildeten französischen Kabinett, würde ebenso zum Krieg bereit sein wie zum Frieden, falls es beim Aufeinandertreffen der Armeen Ärger gäbe. Denn treffen, das war inzwischen jedem klar, würden sie sich. Kitchener war angewiesen worden, nicht in die Offensive zu gehen und jede Provokation zu vermeiden. Rußland würde Frankreich im Falle eines Krieges beistehen, während England zu einem vorübergehenden Rapprochement mit Deutschland gekommen war, das natürlich Österreich und Italien einschloß.

Moldweorps Hauptvergnügen, sinnierte Porpentine, war es immer gewesen, die Feuer zu schüren. Alles, was er erreichen wollte, war die Zwangsläufigkeit eines Krieges. Nicht eines kleinen, beiläufigen Scharmützels im Rennen um die Aufteilung Afrikas, sondern des einen, großen Hip-hip-, Jolly-ho-, Nun-platzt-der-Ballon-Harmagedon für ganz Europa. Früher mochte Porpentine verblüfft gewesen sein, daß sein Gegenspieler den Krieg so leidenschaftlich zu wollen schien. Heute nahm er es als gegeben hin, daß er es sich, an irgendeinem Punkt dieses fünfzehnjährigen Katz-und-Maus-Spiels, selbst zur Aufgabe gemacht hatte, den Weltuntergang zu verhindern. Eine Konstellation wie diese, das spürte er, konnte sich nur in einer westlichen Welt ereignen, in der die Spionage aus den Händen der Einzelgänger in die der Teams überging, in der die Ereignisse von 1848 und die Umtriebe der Anarchisten und Radikalen überall auf dem Kontinent zu verkünden schienen, daß die Geschichte nicht länger vom *virtù* einzelner Fürsten, sondern vom Menschen in der Masse geschrieben wurde: von Trends und Tendenzen und gesichtslosen Kurven auf einem Gitternetz von fahlen blauen Linien. Unweigerlich mußte es so zu einem Zweikampf kommen zwischen dem Erzspion und dem *semplice inglese*. Sie standen allein – Gott wußte, wo – auf sonst schon menschenleeren Listen. Goodfellow wußte von dem Duell, und zweifellos wußten es auch Moldweorps Subalterne. Sie alle übernahmen die Rollen von beflissenen Sekundanten und kümmerten sich um die Interessen ihrer Nationen, während die Chefs einander auf einer höheren, unerreichbaren Ebene belauerten und parierten. Es hatte sich so ergeben, daß Porpentine nominell für England arbeitete und Moldweorp für Deutschland, aber das war nur Zufall: sie hätten wahrscheinlich für dieselben Ziele gekämpft, wenn sie in den Diensten der jeweils anderen Seite gestanden hätten. Denn er und Moldweorp, das wußte Porpentine, waren aus dem gleichen Holz geschnitzt: Kameraden im Geiste Machiavellis, die immer noch die Spiele der italienischen Renaissance-Politik spielten, denen die Welt längst entwachsen war. Die selbstzugewiesenen Rollen wurden so zu bloßen Auswüchsen eines gewissen Stolzes, zumal in einer Zunft, die die freibeuterische Unabhängigkeit Lord Palmerstons noch nicht vergessen hatte. Zum Glück für Porpentine war dem Foreign Office genug vom alten Geist bewahrt geblieben, um ihm fast völlig freie Hand zu lassen. Obwohl er, falls sie doch Mißtrauen hegten, es nicht hätte wissen können. Soweit seine persönliche Mission der offiziellen Politik entsprach, machte Porpentine in London davon Meldung – und offenbar war niemand jemals unzufrieden.

Die Schlüsselstellung schien für Porpentine nunmehr Lord Cromer einzunehmen, der englische Generalkonsul in Kairo, ein äußerst fähiger Diplomat, der besonnen genug war, keinen überhasteten Impulsen nachzugeben: dem Krieg, zum Beispiel. Ob Moldweorp ein Mordkomplott gegen ihn schmiedete? Ein Trip nach Kairo schien durchaus angebracht. So unauffällig wie möglich, das verstand sich von selbst.

Das österreichische Konsulat lag dem Hôtel Khédivial genau gegenüber, die Festlichkeit war weiter nicht bemerkenswert. Goodfellow hockte auf der untersten Stufe einer breiten Marmortreppe, neben sich ein Mädchen, das nicht mehr als achtzehn Jahre zählen konnte und, wie sein Abendkleid, peinvoll aufgeplustert und provinziell wirkte. Der Regen hatte Goodfellows formelle Kleidung schrumpfen lassen; das Jackett spannte in den Achselhöhlen und über dem Bauch. Goodfellows blonde Haare waren vom Wüstenwind zerzaust, sein Gesicht war rot angelaufen, ungesund. Wie er ihn beobachtete, wurde sich Porpentine seines eigenen Äußeren bewußt: verschroben, regelwidrig, sein Ausgehanzug aus demselben Jahr, in dem General Gordon vom Mahdi geschlachtet worden war. Rettungslos von gestern bei Gesellschaften wie dieser, stellte er sich gerne vor, ein wirklich Gestriger zu sein, ein Gordon etwa, der aus dem Reich der Toten und Kopflosen wiederkehrte. Mindestens so deplaziert fühlte er sich in diesem Aufgebot von Sternen, Schärpen und exotischen Orden. Mindestens so überholt, jedenfalls: der Sirdar hatte Khartum zurückerobert, der Frevel war gerächt, aber die Leute hatten längst vergessen. Er hatte den legendenumwobenen Helden der chinesischen Feldzüge einmal mit eigenen Augen gesehen, draußen auf den Wällen von Gravesend. Um die zehn war Porpentine damals gewesen, im anfälligen Alter – und so war's auch gekommen. Aber zwischen der Schwärmerei von damals und dem Hotel Bristol mußte etwas geschehen sein. Er hatte über Moldweorp nachgegrübelt in jener Nacht und über die Wahrscheinlichkeit einer Apokalypse; vielleicht ein wenig auch über die Fremdheit, die er überall empfand. Aber kein Gedanke an den chinesischen Gordon, so einsam und rätselhaft an jener Themsemündung der Kindertage; von dessen Haar man sich erzählte, daß es innerhalb eines einzigen Tages schlohweiß geworden war, als er auf das Sterben wartete im eingeschlossenen Khartum…

Porpentine sah sich im Konsulatsgebäude

um, hakte das diplomatische Korps ab: Sir Charles Cookson, Mr. Hewat, M. Girard, Hr. von Hartmann, Cav. Romano, Comte de Zogheb &c. &c. Right ho. Alle anwesend und registriert. Ausgenommen der russische Vizekonsul, M. de Villiers. Und, seltsam genug, der Gastgeber des Abends, Graf Khevenhüller-Metsch. Ob sie zusammensteckten?

Er ging hinüber zur Treppe, auf der der verzweifelte Goodfellow saß und das Garn nichtexistenter Abenteuer in Südafrika spann. Das Mädchen hing atemlos und lächelnd an seinen Lippen. Porpentine fragte sich, ob er singen sollte: Es ist das Fräulein nicht, mit dem ich dich in Brighton sah – wer, wer, wer ist deines Herzens Dame? Er sagte:

«Was sagt man dazu!» Goodfellow, erleichtert und enthusiastischer als nötig, machte bekannt:

«Miss Victoria Wren.»

Porpentine lächelte, nickte, suchte am ganzen Leib nach einer Zigarette. «How do you do, Miss.»

«Sie hat gerade von unserem Abenteuer mit Dr. Jameson und den Buren gehört», sagte Goodfellow.

«Sie beide haben Transvaal mitgemacht!» himmelte das Mädchen. Porpentine dachte:

72

Mit der da kann er treiben, was er will. Er braucht's ihr nur zu sagen.

«Wir haben schon eine ganze Menge mitgemacht, Miss.» Sie schmachtete, sie strahlte; Porpentine, der Schüchterne, verschanzte sich hinter bleichen Wangen, geschürzten Lippen. Als wäre ihre Glut eine Erinnerung an einen Sonnenuntergang in Yorkshire oder sonst ein Rest von Heimat, den zuzulassen weder er noch Goodfellow sich leisten konnten (oder, wenn man s genau nahm, willens waren), so flohen sie vor ihrer Gegenwart beide in eine Form von Abwehr.

Ein dumpfes Knurren erscholl hinter Porpentines Rücken. Goodfellow duckte sich, lächelte kränklich, stellte Sir Alastair Wren vor, Victorias Vater. Fast auf der Stelle wurde klar, daß der nicht viel für Goodfellow übrig hatte. Bei ihm war ein stämmiges, kurzsichtiges Mädchen von elf Jahren; die Schwester. Mildred war in Ägypten, wie sie Porpentine bald anvertraute, um Steine zu sammeln; sie war ebenso verrückt auf Steine wie Sir Alastair Wren auf große, alte Kirchenorgeln. Er hatte im vergangenen Jahr Deutschland bereist und die Bevölkerung diverser Domstädte damit befremdet, daß er kleine Jungs halbe Tage ohne Pause an den Blasebälgen schwitzen ließ: und dann noch schlecht bezahlte. Gräßlich schlecht, präzisierte Victoria. Leider fände sich, ergänzte er, nicht eine einzige anständige Kirchenorgel auf dem ganzen afrikanischen Kontinent (woran zu zweifeln Porpentine keinen Grund sah). Goodfellow führte eine Vorliebe für Drehorgeln ins Feld, und ob Sir Alastair sich je an einer versucht hätte? Der Gesinnungsfreund ließ ein ominöses Knurren hören. Im Augenwinkel sah Porpentine den Grafen Khevenhüller-Metsch aus einem Nebenzimmer kommen: er zog den russischen Vizekonsul am Arm und redete ernsthaft auf ihn ein. M. de Villiers kontrapunktierte den Redestrom mit gelegentlichem, frohem Hecheln. Aha, dachte Porpentine. Mildred hatte einen großen Stein aus ihrem Ridikül gezogen und hielt ihn Porpentine zur Inspektion unter die Nase. Sie hatte ihn draußen bei den Ruinen von Pharos gefunden, und es waren versteinerte Trilobiten drin. Porpentine wußte nichts zu sagen; seine alte Schwäche. Im Mezzanin war ein Büfett aufgebaut worden. Er verkündete, Punsch zu holen (für Mildred natürlich Limonade), und floh mit langen Schritten die Marmorstufen hinauf.

Während er an der Theke wartete, legte sich eine Hand auf seinen Arm. Er drehte sich um und sah einen der beiden Beschatter aus

Brindisi. «Hübsches Mädchen», sagte der. Seit fünfzehn Jahren, solange er sich erinnerte, war es das erste direkte Wort, das irgendeiner von ihnen an Porpentine gerichtet hatte. Er fragte sich beklommen, ob sie diesen Kunstgriff für den Augenblick der singulären Krise aufgespart hatten. Er griff nach den Gläsern, lächelte sein Puttolächeln, wandte sich ab, machte sich auf den Rückweg, die Treppe hinunter. Auf der zweiten Stufe stolperte er und fiel: kugelte und hüpfte treppab, gefolgt vom Geräusch zerschellender Gläser, einer Kaskade aus Chablis-Punsch und Limonade, bis zur untersten Stufe. Er hatte in der Armee gelernt, wie man richtig fällt. Beschämt blickte er zu Sir Alastair Wren hoch, der beifällig nickte.

«Hab mal einen gesehen, der hat dasselbe in der Music Hall gemacht», sagte er. «Sie sind viel besser, Porpentine. Wahrhaftig.»

«Bitte noch mal», sagte Mildred. Porpentine fingerte eine Zigarette heraus, blieb liegen, wo er war, und rauchte. «Wie wär's mit einem Spätimbiß bei Fink?» schlug Goodfellow vor. Porpentine stand auf. «Ihr erinnert euch an die Burschen, die wir in Brindisi gesehen haben?» Goodfellow nickte, unbewegt, ohne sich durch ein Zucken, eine Anspannung zu verraten; eine der Eigenschaften, die

Porpentine an ihm bewunderte. Aber: «Wir ziehen uns zurück», murmelte Sir Alastair und zerrte an Mildreds widerstrebender Hand. «Betragt euch.» So war es an Porpentine, die Anstandsdame zu spielen. Er schlug einen neuen Versuch in Sachen Punsch vor. Als sie das Mezzanin erreichten, war Moldweorps Mann verschwunden. Porpentine klemmte einen Fuß zwischen zwei Baluster und spähte hinunter, überflog die Gesichter. «Nichts», sagte er. Goodfellow reichte ihm ein Glas Punsch.

«Ich kann es kaum erwarten, den Nil zu sehen», sagte Victoria gerade, «die Pyramiden, die Sphinx.»

«Kairo», fügte Goodfellow hinzu.

«Ja», pflichtete Porpentine bei: «Kairo!»

Finks Speisehaus lag auf der anderen Seite der Rue de Rosette. Sie rannten durch den Regen und quer über die Straße, Victorias Mantel ein geblähter Ballon; sie lachte, freute sich an den Tropfen. Das Publikum im Lokal bestand nur aus Europäern. Porpentine erkannte einige Gesichter, die er auf dem Schiff aus Venedig gesehen hatte. Nach dem ersten Glas Weißen Vöslauer begann das Mädchen zu erzählen. So munter und so grün – ihre «Ohs» klangen wie Seufzer, als verginge sie vor Liebe. Sie war katholisch; hatte

eine Klosterschule in der Nähe ihres Heimat-
ortes besucht, eines Nests namens Lardwick-
in-the-Fen. Es war ihre erste Auslandsreise.
Immer wieder kam sie auf ihre Religion
zurück. Erzählte, daß sie den Menschensohn,
eine ganze Zeitlang, ebenso ernsthaft in Betracht gezogen hatte, wie eine junge Dame jeden anderen heiratsfähigen Junggesellen in
Betracht zog. Bis ihr schließlich aufgegangen
sei, daß er in Wirklichkeit kein Junggeselle
war, sondern einen riesenhaften Harem un-
terhielt, ganz in Schwarz, geschmückt mit
Rosenkränzen. Sie war nicht scharf darauf
gewesen, sich diesem Wettbewerb zu stellen;
so hatte sie ihr Noviziat nach ein paar Wochen abgebrochen. Aber in der Kirche war sie
immer noch: die Kirche blieb, mit all den
melancholischen Gesichtern ihrer Heiligen-
figuren, dem Duft nach Kerzenwachs und
Weihrauch, der eine Brennpunkt ihrer unbe-
schwerten Lebensbahn, deren anderer ein
Onkel namens Evelyn war. Dieser Onkel,
ein wilder, zivilisationsflüchtiger Vagabund,
kam alle Jahre wieder aus Australien zu Besuch, von wo er keine Geschenke, sondern so
viele abenteuerliche Schnurren und Erzählungen mitbrachte, wie die Geschwister nur
verkraften konnten. Soweit sich Victoria
erinnerte, hatte er sich niemals wiederholt.

So stand ihr genügend Rohmaterial zur Verfügung, um sich zwischen den Besuchen eine eigene Interessensphäre auszuspinnen, in und von der sie unablässig träumte: erfindend, forschend, manipulierend. Vor allem während der Heiligen Messe: denn hier war die Bühne, das dramatische Spielfeld schon bereitet, der Boden fruchtbar für die Saat der Phantasie. Und so kam es, daß Gott einen breiten Schlapphut trug und am Firmament der Antipoden mit einem eingeborenen Satan seine Scharmützel ausfocht, im Namen und zum Seelenheil jedwelcher Victoria.

Nun kann die Sehnsucht, Mitleid zu empfinden, durchaus zur Verführung werden; Porpentine ging es regelmäßig so. Für den Augenblick genügten ein rascher Seitenblick in Goodfellows Gesicht und der Gedanke — bewundernd auf die widerwillige Art, die von vergeudetem Mitleid übrigbleibt —: ein Geniestreich, der Jameson Raid. Bewußt gewählt, kein Zweifel. Er weiß, was zieht. Ich aber auch.

Es mußte so sein. Schon vor langer Zeit war ihm klargeworden, daß die Frauen kein Monopol auf das hatten, was man Intuition nennt; daß diese Fähigkeit in den meisten Männern latent war, auch wenn sie sich nur in Berufen wie dem seinen entwickeln oder schmerzhaft überentwickeln konnte. Da die Männer aber nun Positivisten und Frauen träumerischer sind, blieb die treffsichere Ahnung prinzipiell doch ein weibliches Talent, so daß sie alle – Moldweorp, Goodfellow, das Pärchen aus Brindisi –, ob sie es wollten oder nicht, zu einem Teil Frau sein mußten. Vielleicht lag selbst in dieser Aufrechterhaltung einer Schwelle für die Anteilnahme, die man nicht zu unterschreiten wagte, eine gewisse Anerkennung.

Doch wie einen Sonnenuntergang in Yorkshire konnte man sich manche Dinge einfach nicht leisten. Porpentine hatte diese Lektion gelernt, noch ehe er trocken hinter den Ohren war. Man fühlt kein Mitleid mit Männern, die man töten muß, oder mit Leuten, denen man Schmerz zufügen wird. Man empfindet nicht mehr als einen unbestimmten *esprit de corps* gegenüber den Agenten, mit denen man zusammenarbeitet. Und vor allem: man verliebt sich nicht. Nicht, wenn man erfolgreich spionieren will. Gott mochte wissen, welche pubertären Agonien die letzte Ursache waren: aber Porpentine hatte sich an diesen Kodex gehalten. Von Kindesbeinen an besaß er ein durchtriebenes Gemüt, und er war aufrichtig genug, es niemals zu verbergen. Er bestahl die Hökerfrauen auf der

79

Straße und konnte mit fünfzehn Jahren Karten zinken, und wo ihm eine Prügelei aussichtslos erschien, rannte er lieber weg. So daß er irgendwann, auf Beutezug in irgendeiner Hintergasse im London der Jahrhundertmitte, an den Punkt kommen mußte, an dem ihm die sublime Richtigkeit des «Spiels um seiner selbst willen» aufging und zu einem unwiderstehlichen Vektor wurde, gerichtet auf das Jahr 1900. Von da an erschien ihm jede Reiseroute, mit all ihren Umkehrschleifen, Notfallunterbrechungen und Hundert-Kilometer-Finten, substanzlos und zufällig. Sicher konnte dergleichen nützlich sein, nötig sogar; aber es ließ niemals jene tiefere Wahrheit ahnen, daß sie alle nicht mehr in einem faßbaren Europa, sondern in einer von Gott aufgegebenen Zone operierten, begrenzt von den Wendekreisen der Diplomatie, die zu überqueren ihnen ein für allemal verboten war. So blieb einem nichts anderes übrig, als das Idealbild des englischen Kolonialisten darzustellen, der sich, allein im Dschungel, täglich rasiert, allabendlich zum Dinner umzieht und als sein erstes Gebot dem heiligen Georg ergeben ist auf Tod und Leben. Eine kuriose Ironie lag darin, natürlich. Porpentine schnitt sich selbst eine Grimasse. Denn beide Seiten, seine und Moldweorps, hatten, jede auf ihre Art, das Unverzeihliche getan: sie waren zu Eingeborenen geworden. Irgendwie war es dahin gekommen, daß sich keiner von ihnen noch drum scherte, für welche Regierung er arbeitete. Als wäre die Erwartung des Letzten Zusammenstoßes für Männer wie sie durch keine noch so panischen Volten und Wendungen mehr zu tilgen. Es hatte sich etwas verändert: wer wollte spekulieren, was war oder auch nur wann? Auf der Krim, den Spicherer Höhen, in Khartum – es blieb sich gleich. Aber es war so schlagartig geschehen, daß es einen Sprung oder eine Lücke in ihrem Reifungsprozeß hinterlassen hatte. Man schlief ein zwischen Allfälligkeiten – Foreign-Office-Depeschen, Parlaments-Resolutionen – und erwachte, um ein ragendes Gespenst grinsend und quasselnd über den Fuß des Bettes gebeugt zu finden und zu wissen, daß es nicht mehr weichen würde. War ihnen nicht die Apokalypse der Vorwand für ein glorioses Saufgelage gewesen – die große Abschiedsparty, die sie für das vergehende Jahrhundert und ihre eigenen Karrieren schmissen?

«Sie sind ihm so ähnlich», sagte das Mädchen gerade, «meinem Onkel Evelyn: groß, und blond und oh! so gar nicht wie daheim in Lardwick-in-the-Fen!»

«Ha, ha», erwiderte Goodfellow.

Der schmachtende Klang ihrer Stimme gab Porpentine die müßige Überlegung ein, ob sie Knospe oder Blüte wäre oder vielleicht ein vom Winde losgerissenes Blütenblatt, das nirgends mehr hingehörte. Es war schwer zu sagen – und wurde von Jahr zu Jahr schwieriger –, und er wußte nicht, ob ihn nun endlich doch das Alter am Schlafittchen hatte oder ob es irgendein Fehler dieser ganzen Generation war. Die seine hatte noch Knospen getrieben, sie zu Blüten geöffnet und die Blütenblätter schließlich, als sie den Pesthauch in der Luft verspürten, wie so viele Blumen bei Sonnenuntergang wieder geschlossen. Ob es den geringsten Sinn hatte, sie zu fragen?

«Mein Gott», sagte Goodfellow. Sie blickten hoch und sahen eine ausgemergelte Gestalt im dunklen Anzug, deren Kopf wie der eines gereizten Sperbers aussah. Der Kopf lachte wiehernd, ohne dabei seinen grimmigen Ausdruck zu verlieren. Victoria brach in ein Kichern aus. «Es ist Hugh», rief sie entzückt.

«Derselbe», tönte eine hohle Stimme aus dem Inneren. «Hilft mir jemand, ihn abzunehmen?» Der zuvorkommende Porpentine stieg auf einen Stuhl, um den Kopf abzuziehen.

«Hugh Bongo-Shaftsbury», sagte Goodfellow, unerbaut.

«Harmachis.» Bongo-Shaftsbury deutete auf den hohlen, tönernen Raubvogelkopf. «Gott von Heliopolis und Hauptgott von Unterägypten. Absolut authentisch, das hier: eine Maske, die bei den alten Ritualen getragen wurde.» Er setzte sich neben Victoria. Goodfellow runzelte die Stirn. «Wörtlich der Horus des Horizonts, die aufgehende Sonne. Wird auch als Löwe mit Menschenkopf dargestellt. Wie der Sphinx.»

«Oh», hauchte Victoria. «Die Sphinx!» Bezaubert, was Porpentine verwirren mußte: war es nicht eine Übertretung, so viel Begeisterung zu zeigen für die Bastard-Götter Ägyptens? Ihr Ideal hätte rechtmäßigerweise reine Männlichkeit oder reine Raubvogelhaftigkeit sein sollen; aber doch nicht die Mischung.

Sie beschlossen, nicht auf stärkere Getränke umzusteigen, sondern beim Vöslauer zu bleiben, der zwar offen und ohne Jahrgang kam, aber nur zehn Piaster kostete.

«Wie weit nilaufwärts beabsichtigt Ihr zu reisen?» fragte Porpentine. «Mr. Goodfellow hat Ihr Interesse für Luxor erwähnt.»

«Mir scheint, das ist noch Neuland, Sir», erwiderte Bongo-Shaftsbury. «Keine erst-

rangige Arbeit in der Gegend, seit Grébaut
'91 das thebanische Priestergrab entdeckt
hat. Natürlich sollte man auch mal bei den
Pyramiden von Gizeh vorbeischauen, aber
eigentlich ist das ein alter Hut, seit Flinders
Petries skrupulösen Untersuchungen vor
sechzehn oder siebzehn Jahren.»

«Kann ich mir vorstellen», murmelte Porpentine. Natürlich konnte er all diese Daten
aus irgendeinem Baedeker haben. Aber es
war doch eine gewisse Leidenschaft zu spüren, ein beharrliches und stures Interesse für
die Archäologie, das Sir Alastair, da war sich
Porpentine ganz sicher, noch vor Beendigung
von Cooks Tour zur Raserei treiben würde.
Es sei denn, Bongo-Shaftsbury wollte, wie
Porpentine und Goodfellow, gar nicht weiter
als bis Kairo…

Porpentine summte die Arie aus *Manon
Lescaut*, während Victoria anmutig zwischen den beiden anderen Männern balan-
cierte und ein Gleichgewicht zu halten versuchte. Das Publikum im Restaurant war
spärlicher geworden, und das Konsulatsgebäude auf der anderen Straßenseite lag im
Dunkeln, abgesehen von zwei oder drei Fen-
stern im Oberstock. Vielleicht würden in
einem Monat alle Fenster erleuchtet sein:
von Flammen. Vielleicht würde die Welt in

Flammen stehen. Wenn man die Marschrouten von Marchand und Kitchener nach vorn verlängerte, so mußten sie sich in der Nähe von Faschoda kreuzen, im Bezirk von Bahr el-Abiad, etwa vierzig Meilen vom Ursprung des Weißen Nils. Lord Lansdowne, der Kriegsminister, hatte in einer Geheimdepesche nach Kairo den 25. September als den Tag der Begegnung vorausgesagt: eine Meldung, die sowohl Porpentine als auch Moldweorp bekannt war. Plötzlich begann ein nervöses Zucken über Bongo-Shaftsburys Gesicht zu tanzen; mit einer Zeitverzögerung von zirka fünf Sekunden ahnte Porpentine – intuitiv oder auf Grund seines Argwohns gegenüber dem Archäologen –, wer es war, der da hinter seinem Stuhl stand. Goodfellow nickte schwächlich und zaghaft; raffte alle Höflichkeit zusammen und sagte:

«Lepsius! Was sagt man dazu! Seid Ihr das Klima in Brindisi leidgeworden?» Lepsius. Porpentine hatte nicht einmal den Namen gewußt. Aber Goodfellow, natürlich. «Geschäftliche Gründe riefen mich plötzlich nach Ägypten», zischte der Agent. Goodfellow schnüffelte an seinem Wein. Dann: «Und Euer Reisebegleiter? Ich hatte stark gehofft, ihn wiederzusehen.»

«Er ist in die Schweiz gegangen», sagte

Lepsius. «Die Berge, die frische Luft. Eines Tages kann man genug haben vom Schmutz des Südens.» Sie logen nie. Wer war sein neuer Partner?

«Oder man muß weit genug nach Süden gehen», sagte Goodfellow. «Ich könnte mir vorstellen, daß man weit südlich, am Oberlauf des Nils, zu einer Art ursprünglicher Sauberkeit zurückfindet.»

Porpentine hatte Bongo-Shaftsbury seit dem nervösen Zucken nicht aus den Augen gelassen. Jetzt zeigte das Gesicht, das hager und zerfurcht war wie der Körper, nicht den geringsten Ausdruck; aber der Moment der Nachlässigkeit hatte Porpentine gewarnt.

«Gilt dort unten nicht noch immer das Gesetz des Dschungels?» sagte Lepsius. «Dort gibt es kein Recht auf Besitz; dort wird gekämpft. Und der Sieger gewinnt alles. Den Ruhm, das Leben, Macht und Besitz, alles.»

«Mag sein», sagte Goodfellow. «Aber in Europa, wissen Sie, sind wir zivilisiert. Zum Glück. Das Gesetz der Wildnis hat hier keinen Zutritt.»

Es dauerte nicht lange, und Lepsius verabschiedete sich wieder, nicht ohne die Hoffnung zum Ausdruck zu bringen, daß man sich in Kairo wiedersehen würde. Goodfellow war sich dessen sicher. Bongo-Shaftsbury saß noch immer reglos und undeutbar da.

«Ein komischer Kauz, dieser Gentleman», sagte Victoria.

«Ist man ein komischer Kauz», sagte Bongo-Shaftsbury mit gezwungen wirkender Nonchalance, «wenn man das Saubere dem Unreinen vorzieht?»

Also doch. Porpentine hatte es schon vor Jahren aufgegeben, sich selbst zu beglückwünschen. Goodfellow sah peinlich berührt aus. Also doch: Sauberkeit. Nach der Sintflut, der Hungersnot, dem großen Beben. Die Sauberkeit einer Wüstenlandschaft: gebleichte Knochen, die Gräber ausgestorbener Kulturen. Harmagedon würde das Haus Europa derart sauberfegen. Aber hieß das denn, daß Porpentine ein Fürsprecher von Spinnenweben, Kehricht, Abschaum war? Er erinnerte sich an einen nächtlichen Besuch in Rom, vor Jahren, bei einem Kontaktmann, der über einem Bordell in der Nähe des Pantheons wohnte. Moldweorp selbst hatte Porpentine beschattet, war in der Nähe einer Straßenlaterne in Stellung gegangen, um abzuwarten. Mitten im Gespräch sah Porpentine zufällig aus dem Fenster. Eine Dirne machte Moldweorp einen Antrag. Sie konnten den Wortwechsel nicht verstehen, sahen nur, wie eine langsame, ungute Wut Moldweorps Züge in eine Maske des Zorns verwandelte, wie er seinen Spazierstock hob und methodisch auf das Mädchen einzudreschen begann, bis es in Fetzen zu seinen Füßen lag. Porpentine war der erste, der sich aus der Lähmung befreite, die Tür aufriß und auf die Straße hinunterrannte. Als er das Mädchen erreichte, war Moldweorp verschwunden. Porpentines Tröstungen erfolgten automatisch, vielleicht aus einem abstrakten Pflichtgefühl heraus, während sie in sein Tweedjackett schluchzte. «Mi chiamava sozzura», konnte sie nur stammeln: er nannte mich Schmutz. Porpentine hatte versucht, den Vorfall zu vergessen. Nicht, weil er unerfreulich gewesen war, sondern weil er ihm so deutlich sein eigenes, schreckliches Handikap vor Augen führte: ihn daran erinnerte, daß es weniger Moldweorp war, den er haßte, als vielmehr eine pervertierte Vorstellung von Sauberkeit; und daß sein Mitleid nicht zuerst dem Mädchen galt, sondern dessen Menschlichkeit. Das Schicksal, so dachte er damals, wählt sich seltsame Handlanger. Moldweorp war irgendwie noch fähig, individuell zu hassen und zu lieben. Da ihre Rollen, wie es schien, vertauscht waren, fand es Porpentine nur folgerichtig, daß er, der selbsternannte Retter der Menschheit, diese Menschheit nur als Abstraktum lieben sollte. Denn jeder Abstieg auf die persönliche Ebene konnte auf Kosten der Reinheit der eigenen Absichten gehen. Während umgekehrt der Abscheu vor individueller menschlicher Verderbtheit zu einer Sucht nach der Apokalypse ausarten mochte. Er brachte es nie übers Herz, Moldweorps Mannschaft zu hassen – genausowenig, wie sich seine Gegenspieler der aufrichtigen Sorge um sein Wohlergehen entziehen konnten. Und was noch schlimmer war: Porpentine schaffte es nie, sich einmal wirklich an einen von ihnen heranzumachen. Er blieb statt dessen ein deplazierter Cremonini, der den Des Grieux sang und gewisse Gefühle in kalkulierter musikalischer Verbrämung zum Ausdruck brachte; der niemals eine Bühne verlassen würde, auf der Leidenschaft und Zärtlichkeit nur als *forte* und *piano* existierten, auf der sich das Pariser Tor zu Amiens nach geometrischen Gesetzen verkürzte und sein Licht von der berechneten Glut der Drummondschen Lampen erhielt. Er erinnerte sich an seinen Auftritt im Regen dieses Nachmittags: Wie Victoria brauchte er den geeigneten Rahmen. Alles heftig Europäische, so schien es, beflügelte ihn zu den Gipfeln der Albernheit…

Es war spät geworden; nur noch zwei oder drei Touristen saßen verstreut in der Gaststube. Victoria zeigte keine Anzeichen von Müdigkeit, Goodfellow und Bongo-Shaftsbury debattierten über Politik. Zwei Tische weiter lungerte ein Kellner herum, ungeduldig. Er hatte den grazilen Körperbau und den schmalen, hohen Schädel der Kopten, und Porpentine fiel ein, daß dies der einzige Nichteuropäer im Lokal gewesen war, den ganzen Abend lang. Jede solche Dissonanz sollte augenblicklich registriert werden: Porpentines Fehler. Er konnte mit Ägypten nichts anfangen, hatte empfindliche Haut und mied die Sonne, als würde jedes durch sie gerötete Körperteil zu einer Beute des Orients werden. Landstriche, die außerhalb Europas lagen, kümmerten ihn nur insoweit, als sie dessen Geschicke beeinflussen konnten; Finks Speisehaus war ihm nicht mehr als ein schlechteres Voisin.

Endlich erhob sich die Gesellschaft, zahlte, ging. Victoria hüpfte voraus, über die Rue Chérif Pacha zum Hotel. Hinter ihnen kam eine Kutsche ratternd aus der Einfahrt des österreichischen Konsulats geschossen und preschte durch die Rue de Rosette und die regnerische Nacht davon. «Da hat's jemand eilig», bemerkte Bongo-Shaftsbury.

«In der Tat», sagte Goodfellow. Zu Porpentine: «Also auf der Gare du Caire. Der Zug fährt um acht.» Porpentine entbot allen eine gute Nacht und machte sich auf den Heimweg zu seinem *pied-à-terre* im türkischen Viertel. Dort zu wohnen war noch kein Treuebruch; die Porte de Rosette zählte für ihn immer noch zur westlichen Welt. Er ging mit einer alten und verstümmelten Ausgabe von *Antonius und Cleopatra* zu Bett und grübelte im Einschlafen, ob es noch immer möglich war, der Magie Ägyptens zu verfallen: seiner tropischen Unwirklichkeit, seinen seltsamen Göttern.

Um 7 Uhr 40 stand er auf dem Bahnsteig, sah den Gepäckträgern von Cook und Gaze zu, die Reisetaschen und Schrankkoffer zu Stapeln türmten. Jenseits des Doppelstrichs der Gleise lag ein kleiner Park, grün von Palmen und Akazien. Porpentine hielt sich im Schatten des Bahnhofsgebäudes. Bald trafen die anderen ein. Er registrierte die winzigsten Signale, die zwischen Bongo-Shaftsbury und Lepsius hin- und herflogen. Unter plötzlicher Bewegung auf dem Bahnsteig dampfte der Frühzug herein. Porpentine drehte sich um und sah Lepsius hinter einem Araber herrennen, der offensichtlich seinen Koffer gestohlen hatte. Goodfellow war schon aktiv geworden. Mit wehender blonder Mähne sprintete er über den Bahnsteig, stellte den Araber in einer Tür, nahm ihm den Koffer ab und übergab seinen Gefangenen einem fetten Polizisten mit Tropenhelm. Lepsius fixierte ihn schweigend und mit Schlangenblick, als er ihm den Koffer aushändigte.

Im Zug verteilten sie sich auf zwei Abteile. Victoria, ihr Vater und Goodfellow teilten sich eines, das an die rückwärtige Plattform anschloß. Porpentine ahnte, daß sich Sir Alastair in seiner Gesellschaft weniger elend gefühlt hätte, aber er wollte Bongo-Shaftsbury nicht aus den Augen lassen. Fünf Minuten nach acht fuhr der Zug los, direkt in die Sonne hinein. Porpentine lehnte sich zurück und ließ Mildred eine längere Abhandlung über Mineralogie beginnen. Bongo-Shaftsbury hüllte sich in Schweigen, bis der Zug Sîdi Gâber passiert hatte und in einem weiten Bogen nach Südosten schwenkte. Er sagte: «Spielst du noch mit Puppen, Mildred?» Porpentine starrte aus dem Fenster. Er spürte, daß sich etwas Unerfreuliches anbahnte. Draußen konnte er eine Prozession dunkelfarbiger Kamele erkennen, die mit ihren Treibern an der Böschung eines Kanals entlangtrotteten. Weit unten standen kleine, weiße Segel auf dem Kanal.

«Wenn ich nicht draußen bin und Steine suche», sagte Mildred.

Bongo-Shaftsbury sagte: «Ich wette, du hast keine Puppe, die laufen oder sprechen oder seilspringen kann; na, hast du?»

Porpentine versuchte, sich auf eine Gruppe von Arabern zu konzentrieren, die ganz hinten am Ufer des Mariutsees neben ihren Salzgärten döste. Der Zug fuhr mit voller Geschwindigkeit. Er verlor sie bald aus den Augen.

«Nein», sagte Mildred unsicher.

Bongo-Shaftsbury sagte: «Aber hast du solche Puppen nicht schon mal gesehen? So entzückende Puppen mit einem Uhrwerk im Inneren. Puppen, die alles ganz perfekt machen wegen der Mechanik. Überhaupt nicht wie die wirklichen kleinen Jungs und Mädchen. Wirkliche Kinder heulen und sind unartig und benehmen sich schlecht. Diese Puppen sind viel netter.»

Zur Rechten erstreckten sich jetzt abgeerntete Baumwollfelder und Schlammhütten. Hin und wieder war ein Fellache zu sehen, der Wasser aus dem Kanal holte. Am äußersten Rand seines Gesichtsfelds sah Porpentine Bongo-Shaftsburys Hände, langgestreckt, nervig-hager, bewegungslos auf den Knien liegend.

«Es hört sich auch nett an», sagte Mildred. Obwohl sie merkte, daß er sich kindlich auszudrücken versuchte, lag ein Zittern in ihrer Stimme. Irgend etwas im Gesicht des Archäologen mußte sie ängstigen.

Bongo-Shaftsbury sagte: «Möchtest du mal eine sehen, Mildred?» Allmählich ging es zu weit. Denn der Mann sprach zu Porpentine, er benützte das Mädchen nur. Aber wozu? Hier war etwas faul.

«Haben Sie denn eine mit?» staunte sie, verschüchtert. Gegen seinen Willen mußte Porpentine den Blick vom Fenster wenden und auf Bongo-Shaftsbury richten.

Der lächelte: «Aber immer!» Worauf er einen Ärmel seiner Jacke hochschob und den Manschettenknopf löste. Er begann, den Hemdsärmel hochzukrempeln. Dann schleuderte er seinen Unterarm mit der nackten Innenseite nach oben vor das Gesicht des Mädchens. Porpentine zuckte zusammen. Potz Daus und Storchenbraten, dachte er: Bongo-Shaftsbury ist von Sinnen. Schimmernd und schwarz gegen das schattenbleiche Fleisch war ein winziger elektrischer Schalter zu sehen, einaderig, zwei Kontakte, säuberlich in die Haut eingenäht. Dünne Silberdrähte liefen von den Anschlußklemmen den Arm hinauf und verschwanden unter dem Ärmel.

Die Jugend akzeptiert das Schreckliche oft leichten Herzens. Doch Mildred begann zu zittern. «Nein», sagte sie, «nein: Sie sind keine Puppe.»

«Aber sicher bin ich eine», protestierte Bongo-Shaftsbury lächelnd, «Mildred. Diese Drähte führen hinauf in mein Gehirn. Wenn der Schalter so steht wie jetzt, dann handle ich so wie jetzt. Wenn er dagegen umgelegt wird –»

Das Mädchen schrak zurück. «Papa», rief sie.

«Alles funktioniert elektrisch», erklärte Bongo-Shaftsbury mit gleisnerischer Stimme: «Und es ist einfach – und sauber.»

«Schluß damit», sagte Porpentine.

Bongo-Shaftsbury wirbelte zu ihm herum. «Aus welchem Grund?» flüsterte er. «Warum? Wegen ihr? Sie sind gerührt von ihrer Angst, stimmt's? Oder geht es um Euch selbst?»

Porpentine zog sich beschämt zurück. «Man jagt Kindern keine Angst ein, Sir.»

«Ehrenwerte Grundsätze. Zum Teufel mit Ihnen.» Er reagierte trotzig, wollte laut werden.

Als es draußen im Gang Lärm gab. Goodfellow schrie vor Schmerz. Porpentine sprang auf, schob Bongo-Shaftsbury zur Seite und stürzte aus dem Abteil. Die Tür vom Gang zur rückwärtigen Plattform stand offen: davor kämpften Goodfellow und ein Araber, umschlungen, ineinander verkrallt. Porpentine sah einen Pistolenlauf aufblitzen. Er näherte sich vorsichtig, kreiste um die Kämpfenden, wählte sein Ziel. Als die Kehle des Arabers einen Augenblick ungeschützt war, trat Porpentine zu, traf ihn über der Luftröhre. Er brach röchelnd zusammen. Goodfellow nahm die Pistole. Strich sich die Haare aus der Stirn, schwer atmend. «Danke.»

«Der gleiche?» fragte Porpentine.

«Nein. Auf die Bahnpolizei kann man sich verlassen. Und man kann sie durchaus auseinanderhalten. Hier geht's um etwas anderes.»

«Dann stellt Euch vor ihn hin.» Zu dem Araber: «*Auz ê. Mâ techâfsche minni.*» Der Kopf des Arabers drehte sich zu Porpentine; er versuchte zu grinsen, aber in seinen Augen stand der Schmerz. Ein blauer Fleck wurde auf seiner Kehle sichtbar. Er konnte nicht sprechen. Sir Alastair und Victoria waren erschienen, besorgt.

«Vielleicht ein Freund von dem Burschen, den ich am Bahnhof geschnappt habe», erklärte Goodfellow leichthin. Porpentine half dem Araber auf die Beine. «*Rûh*. Pack dich.

Komm uns nicht mehr unter die Augen.» Der Araber verdrückte sich.

«Ihr werdet ihn doch nicht laufen lassen?» brummte Sir Alastair. Goodfellow versprühte Großmut. Er hielt eine kurze Rede über Barmherzigkeit und das Hinhalten der anderen Wange, was von Victoria günstig aufgenommen wurde, während es ihrem Vater Brechreiz zu verursachen schien. Die Gesellschaft nahm ihre Plätze in den Abteilen wieder ein, wobei es Mildred aber vorzog, zu Sir Alastair umzuziehen.

Eine halbe Stunde später erreichte der Zug Damanhur. Porpentine beobachtete, wie Lepsius zwei Wagen weiter vorne ausstieg und ins Bahnhofsgebäude ging. Rund herum erstreckte sich die grüne Ebene des Nildeltas. Zwei Minuten später stieg der Araber aus und kreuzte diagonal zum Büfett-Eingang, wo er auf Lepsius traf, der gerade mit einer Flasche Rotwein herauskam. Er rieb sich den Fleck am Hals und schien Lepsius etwas sagen zu wollen. Der Agent stierte ihn an und schlug ihm mit der flachen Hand über den Kopf. «Nix Bakschisch», verkündete er. Porpentine lehnte sich zurück und schloß die Augen, ohne Bongo-Shaftsbury noch eines Blickes zu würdigen. Ohne auch nur «aha» zu sagen. Der Zug setzte sich wieder in Bewegung. Also doch. Und was war das Gerede von der Sauberkeit nun wert? Daß man sich über die Regeln hinwegsetzte, anscheinend. Wenn das so war, dann hatten sie ihren Kurs diametral geändert. Noch nie zuvor hatten sie ein derart faules Spiel gespielt. Konnte man daraus schließen, daß die Begegnung bei Faschoda von besonderer Bedeutung sein mußte? Vielleicht von der *einen* Bedeutung? Er öffnete die Augen, um Bongo-Shaftsbury zu beobachten, der in ein Buch vertieft war: Sidney J. Webbs *Industrial Democracy*. Porpentine zuckte die Achseln. Vorbei die Zeit, da seine Berufskollegen sich das Handwerk in der Praxis angeeignet hatten: die Geheimcodes kennengelernt hatten, indem sie sie knackten; die Zollbeamten, indem sie ihnen durch die Maschen schlüpften; und manche ihrer Gegenspieler, indem sie sie töteten. Die Nachkömmlinge lasen Bücher: junge Bürschchen, vollgestopft mit Theorie und (zu diesem Schluß war er gekommen) einem Glauben an nichts außer der Perfektion ihrer eigenen, inneren Maschinerie. Er zuckte zusammen, erinnerte sich an den Messerschalter, der an Bongo-Shaftsburys Arm befestigt war wie ein bösartiges Insekt. Moldweorp mußte der älteste unter allen noch aktiven Spionen sein, aber was Fragen der Berufsehre anging, gehörten er und Porpentine zu einer Generation. Porpentine bezweifelte, daß der junge Mann, der ihm gegenübersaß, Moldweorps Zustimmung fand.

Das beiderseitige Schweigen dauerte für weitere fünfundzwanzig Meilen an. Der Expreß fuhr an Gehöften vorbei, die allmählich wohlhabender aussahen; an Fellachen, die ihrer Feldarbeit in zügigerem Tempo nachgingen; an kleinen Fabriken und Hügeln aus altem Ruinenschutt und hohen, blühenden Tamarisken. Der Nil führte Hochwasser: ein glitzerndes Netzwerk aus Bewässerungskanälen und kleinen Teichen verteilte seine Fluten an die Weizen- und Gerstenfelder, die sich vom Bahndamm bis zum Horizont erstreckten. Der Zug erreichte den Rosetta-Arm des Nils, überquerte ihn auf einer hohen, schmalen, langgestreckten Eisenbrücke und fuhr in den Bahnhof von Kafr-es-Saijat ein, wo er anhielt. Bongo-Shaftsbury klappte sein Buch zu, erhob sich und verließ das Abteil. Wenig später trat Goodfellow ein, mit Mildred an der Hand.

«Er meinte, daß Ihr vielleicht ein Nickerchen machen möchtet», sagte Goodfellow. «Hätte selbst dran denken sollen. Aber ich war ganz in Mildreds Schwester vertieft.» Porpentine schnaubte, schloß die Augen und war eingeschlafen, noch ehe der Zug sich wieder in Bewegung setzte. Er erwachte eine halbe Stunde vor Kairo. «Keine besonderen Vorkommnisse», sagte Goodfellow. Weit im Westen waren die Umrisse der Pyramiden zu erkennen. Je näher sie der Stadt kamen, desto mehr Gärten und Villen waren zu sehen. Etwa zur Mittagsstunde lief der Zug in den Hauptbahnhof von Kairo ein.

Irgendwie schafften es Goodfellow und Victoria, in einer zweispännigen Kutsche zu sitzen und loszufahren, noch ehe der Rest der Gesellschaft ganz auf dem Bahnsteig war. «Zum Henker», rätselte Sir Alastair, «was soll das darstellen, eine Entführung?» Bongo-Shaftsbury schien am Ende seiner Buchweisheiten angekommen. Porpentine, frisch ausgeschlafen, fühlte sich fast in Ferienstimmung. «*Arabijeh*», grölte er fröhlich. Ein schrottreifer, buntgescheckter Landauer kam herangeklappert. Porpentine deutete dem Zweispänner nach: «Das doppelte Fuhrgeld, wenn wir ihn einholen.» Der Kutscher grinste breit. Porpentine scheuchte die anderen in den Wagen. Sir Alastair protestierte, murmelte irgend etwas von einem Mr. Conan Doyle. Bongo-Shaftsbury wieherte, und sie galoppierten los, um eine scharfe Linkskurve, über die Lêmoûn-

Brücke und mit Karacho den Shâria Bâb el-Hadîd hinunter. Mildred schnitt den anderen Touristen, die per pedes oder Esel unterwegs waren, Grimassen, und Sir Alastair versuchte ein Lächeln. Weit vorne konnte Porpentine Victoria sehen, die klein und anmutig in dem Zweispänner saß, Goodfellows Arm hielt und sich zurücklehnte, um den Wind mit ihren Haaren spielen zu lassen.

Die beiden Kutschen erreichten Shepheard's Hotel in einem toten Rennen. Alle bis auf Porpentine stiegen aus und marschierten zum Hoteleingang. «Tragt mich mit ein», rief Porpentine Goodfellow zu, «ich muß noch einen Freund aufsuchen.» Der Freund war Portier im Hotel Victoria, vier Straßen weiter im Südwesten. Während Porpentine in der Küche wartete und mit einem wahnsinnigen Koch, den er aus Cannes kannte, über die Zubereitung von Flugwild debattierte, überquerte der Portier die Straße zum englischen Konsulat, wo er den Dienstboteneingang benutzte. Eine Viertelstunde später kam er wieder zum Vorschein und kehrte ins Hotel zurück. Bald wurde eine Essensbestellung in die Küche gereicht, auf der *Crème* so falsch geschrieben war, daß es *chem* hieß, während an dem *Lyonnaise* das *e* fehlte. Beide Wörter waren unterstrichen. Porpentine nickte, bedankte sich bei jedermann und ging. Er hielt eine Kutsche an und fuhr den Shâria el-Maghrâbi hinauf, bis jenseits des prächtigen Parks an seinem Ende; erreichte bald den Crédit Lyonnais. Dicht daneben war eine unscheinbare Apotheke. Er ging hinein und fragte nach dem Laudanum-Rezept, das er gestern zur Besorgung abgegeben hätte. Ein Umschlag wurde ihm ausgehändigt, dessen Inhalt er, wieder in der Kutsche, inspizierte. Eine Aufstockung um fünfzig Pfund für ihn und Goodfellow: angenehme Neuigkeiten. Sie konnten beide in Shepheard's Hotel bleiben.

Dorthin zurückgekehrt, machte er sich mit Goodfellow daran, die neuen Instruktionen zu entschlüsseln. Beim Foreign Office war nichts von einem Mordkomplott bekannt. Natürlich nicht. Es gab keinen Grund dafür, solange man nur an die unmittelbare Frage dachte, wer im Niltal das Sagen haben sollte. Porpentine staunte, wie weit es mit der Diplomatie gekommen war. Er kannte noch Kollegen, die unter Palmerston gearbeitet hatten, dem schüchternen und wunderlichen alten Herrn, für den das ganze Geschäft ein heiteres Blindekuh-Spiel gewesen war, bei dem man jeden Tag die kalte Hand des Gespenstes berührte, von ihr berührt wurde.

«Also sind wir auf uns selbst gestellt», bemerkte Goodfellow.

«Jaaah», bejahte Porpentine: «Mal angenommen, wir gehen folgendermaßen vor: stellen selber eine Falle auf, um dem Fallensteller auf die Schliche zu kommen. Ersinnen also eigene Mordpläne für Cromer. Die wir natürlich nicht ausführen. Aber auf diese Weise werden wir bei jeder Gelegenheit zur Stelle sein, um das Schlimmste zu verhindern.»

«Auf den Generalkonsul pirschen», begann sich Goodfellow zu erwärmen, «wie auf ein gottverdammtes Haselhuhn! So was haben wir nicht mehr gemacht seit —»

«Nicht so wichtig», sagte Porpentine.

In dieser Nacht heuerte Porpentine einen Lohnkutscher an und ließ sich bis zum frühen Morgen in der Stadt herumfahren. Die chiffrierten Instruktionen hatten keine andere Weisung enthalten als die, abzuwarten: Darum kümmerte sich Goodfellow, der mit Victoria zu einer italienischen Freiluftaufführung im Ezbekijeh-Garten gegangen war. Im Lauf der Nacht besuchte Porpentine ein Mädchen, das im Rosetti-Viertel wohnte und die Geliebte eines Junior-Kanzlisten am englischen Konsulat war; einen Juwelenhändler in der Muski, der die Mahdisten finanziert hatte und nun, da die Bewegung zerschlagen war, um das Bekanntwerden seiner Sympathien fürchtete; einen minderjährigen Schöngeist, der Großbritannien wegen einer schnöden Rauschgiftanklage mit dem Land ohne Auslieferungsabkommen vertauscht hatte und ein weitläufiger Cousin des Kammerdieners von Mr. Raphael Borg, dem englischen Konsul, war; sowie einen Zuhälter namens Varkumian, der für sich in Anspruch nahm, jeden dingbaren Mörder von ganz Kairo zu kennen. Aus dieser erlesenen Runde kehrte Porpentine um drei Uhr morgens zu seinem Hotelzimmer zurück – zögerte aber vor der Tür, als er dahinter ein verdächtiges Geräusch hörte. Hier gab's nur eins: das Fenster am Ende des Flurs und den draußen um das Gebäude laufenden Sims. Er zog eine Grimasse. Aber schließlich wußte jeder, daß Spione habituell auf Fenstersimsen hoch über den Straßen exotischer Städte herumkrochen. Mit dem deutlichen Gefühl, einen Narren aus sich zu machen, kletterte Porpentine hinaus und ertastete den Sims. Dann blickte er nach unten: der Abgrund war etwa fünf Meter tief und mit Büschen gepolstert. Vor Müdigkeit gähnend, machte er sich eilig, aber unbeholfen auf den Weg zur Hausecke, wo der Sims schmäler wurde. Als er mit den

Füßen beiderseits der Ecke stand und die Gebäudekante ihn vom Scheitel bis zum Schritt in zwei Hälften spaltete, verlor er das Gleichgewicht und fiel. Auf dem Weg nach unten unterlief es ihm, einen obszönen Ausdruck zu gebrauchen; dann krachte er in das Gestrüpp. Er rollte zur Seite, lag da und trommelte mit den Fingern auf den Boden. Nach einer halben Zigarette kam er wieder auf die Beine und bemerkte einen Baum, der direkt vor seinem Zimmerfenster stand und leicht zu erklettern war. Schwer atmend und fluchend stieg er empor; kroch im Grätschsitz auf einen Ast hinaus und spähte durchs Fenster.

Goodfellow und das Mädchen lagen auf Porpentines Bett, bleich und wie erschöpft im Licht der Straßenlampe. Victorias Augen, Lippen und Brustwarzen waren kleine, blauschwarze Flecken im Fleisch. Sie barg Goodfellows weißen Kopf in einem Netz oder Gespinst von Fingern, und Goodfellow weinte, benetzte ihre Brüste mit Tränen. «Es tut mir leid», sagte er, «es war in Transvaal, eine Verletzung. Sie sagten damals, es wäre nichts Ernstes.» Porpentine, der keinen Schimmer hatte, wie diese Szene laufen sollte, fiel auf Alternativen zurück: (a) Goodfellow war ein Ehrenmann; (b) er war tatsächlich impotent und hatte ergo Porpentine mit seiner langen Liste von Eroberungen angelogen; (c) er hatte einfach nicht die Absicht, sich mit Victoria einzulassen. Was es auch sein mochte – Porpentine fühlte sich, wie immer, ausgeschlossen. Er ließ sich vom Ast rutschen und baumelte an einem Arm darunter, vollkommen ratlos, bis der Stummel seiner Zigarette auf die Finger heruntergebrannt war und ihn leise fluchen ließ; und weil er wußte, daß er in Wirklichkeit nicht wegen der Verbrennung fluchte, begann er sich Sorgen zu machen. Es war nicht nur, daß er Goodfellow schwach sah. Er ließ sich in die Büsche plumpsen und blieb liegen und dachte über seine eigene Schwelle nach, die er durch die zwanzig Jahre seiner Dienstzeit stolz vor sich hergetragen hatte. Obwohl sie mancher Attacke ausgesetzt gewesen war, beschlich ihn das ungute Gefühl, daß sie sich nun zum erstenmal als verletzlich, als übertretbar erwies. Eine stechende, abergläubische Angst durchzuckte ihn, hilflos auf seinem Rücken im Gebüsch. Für ein paar Sekunden schien es ihm völlig klar, daß Faschoda in der Tat die *eine* Bedeutung hatte: dort würde die Apokalypse beginnen, wenn aus keinem anderen Grund, dann deshalb, weil er seine eigene so greifbar nahe fühlte. Aber bald: Zug um Zug, mit jeder Lungenfüllung frischen Zigarettenrauchs, strömte die gewohnte Selbstkontrolle wieder in ihn ein; und er rappelte sich schließlich hoch und ging, noch wankend, um die Ecke zum Hoteleingang und hinauf zu seinem Zimmer. Diesmal gab er vor, den Schlüssel verloren zu haben und machte alle möglichen verwunderten Geräusche, um den Rückzug des Mädchens zu decken, während sie ihre Kleider zusammenraffte und durch die Verbindungstür in ihr Zimmer verschwand. Als Goodfellow endlich öffnete, empfand er nur noch eine gewisse Verlegenheit, und damit zu leben hatte er schon seit langem gelernt.

In der Freiluftaufführung hatte es *Manon Lescaut* gegeben. Am nächsten Morgen, unter der Dusche, versuchte Goodfellow, «*Donna non vidi mai*» zu singen. «Stopp», sagte Porpentine, «wollt Ihr hören, wie sich das anhören *sollte?*» Goodfellow heulte auf. «Ich bezweifle, daß Ihr Tschingdera-rassabumm singen könntet, ohne es zu verhauen.»

Aber Porpentine konnte nicht widerstehen. Es schien ihm ein harmloser Kompromiß zu sein. «*A dirle io t'amo*», röhrte er los, «*a nuova vita l'alma mia si desta.*» Es klang grauenhaft; man konnte glauben, er hätte früher in einer Music Hall gearbeitet. Er war kein Des Grieux. Des Grieux braucht nur einen Blick auf die junge Dame zu werfen, die gerade aus der Postkutsche aus Arras ausgestiegen ist, und er weiß, was passieren wird. Er leistet sich keine Fehlstarts oder Umwege, dieser Chevalier, er hat nichts zu dechiffrieren und kein doppeltes Spiel zu spielen. Porpentine beneidete ihn. Während er sich anzog, pfiff er die Arie weiter. Der nächtliche Augenblick der Schwäche blühte wieder hinter seinen Augen auf. Er dachte: wenn ich über die Schwelle trete, ja, dann finde ich nie mehr zurück…

Um zwei an diesem Nachmittag verließ der Generalkonsul sein Konsulat durchs vordere Portal und stieg in eine Kutsche. Porpentine sah es von einem unbelegten Zimmer im zweiten Stock des Hotels Victoria aus. Lord Cromer bot ein ideales Ziel, aber zumindest dieser Hinterhalt war jedem gedungenen Mörder von der Gegenseite unzugänglich, solange Porpentines Freunde wachsam blieben. Der Archäologe hatte Victoria und Mildred auf eine Rundfahrt zu den Basaren und den Kalifengräbern mitgenommen. Goodfellow saß in einem geschlossenen Landauer, direkt unter dem Hotelfenster. Wie von ungefähr setzte er sich nun in Bewegung, in sicherem Abstand (was Porpentine vermerkte) der Kutsche des Generalkonsuls folgend. Porpentine verließ das Hotel und schlenderte den Shâria el-Maghrâbi hinauf. An der nächsten Straßenecke bemerkte er eine Kirche zu seiner Rechten; hörte lautstarke Orgelmusik. Einer Laune folgend, ging er hinein. Und sah niemand anderen als Sir Alastair, der am Spieltisch herumfuhrwerkte. Der unmusikalische Porpentine brauchte fast fünf Minuten, bis ihm klargeworden war, welche Verheerungen Sir Alastair auf den Tasten und Pedalen anrichtete. Die Musik überzog das Innere des winzigen, neogotischen Gotteshauses mit einem komplizierten Spitzenmuster, mit seltsamen Blütenformen. Aber es war ein gewalttätiges, dschungelhaftes Wuchern, das dem Süden zu gehören schien. Waren Kopf und Finger außer Kontrolle geraten vor lauter Achtlosigkeit: für die Reinheit seiner Tochter oder jede Reinheit, für die Form der Musik, für Bach – war es Bach? – selbst? Fremdländisch und ein wenig abgerissen, ohne Verständnis, wie hätte Porpentine es sagen können? Aber dennoch vermochte er sich nicht loszureißen, bis die Musik abrupt verstummte und die Höhlung der Kirche dem Nachhall überließ. Dann erst zog er sich, ungesehen, hinaus ins Sonnenlicht zurück, zupfte sein Nackentuch zurecht, als mache das den ganzen Unterschied zwischen Einheit und Zerfall.

Lord Cromer unternahm nicht das geringste zu seinem Schutz, berichtete Goodfellow an diesem Abend. Porpentine wußte, nach einer Rücksprache mit dem Cousin des Kammerdieners, daß der Generalkonsul gewarnt worden war. Er zuckte die Achseln, nannte Cromer einen Dummkopf; morgen war der 25. September. Um elf Uhr nachts verließ er das Hotel und fuhr mit einer Kutsche zu einem «Brauhaus», das einige Straßen nördlich vom Ezbekijeh-Garten lag. Er saß allein an einem Katzentisch vor einer Wand und lauschte rührseliger Akkordeonmusik, die ganz gewiß nicht weniger ehrwürdig war als Bach; schloß die Augen, ließ eine Zigarette aus dem Mundwinkel hängen. Eine Kellnerin brachte Münchner Bier.

«Mr. Porpentine.» Er blickte auf. «Ich bin Ihnen gefolgt.» Er nickte, lächelte; Victoria nahm Platz. «Papa würde sterben, wenn er es je erführe», sie blickte ihm herausfordernd ins Gesicht. Das Akkordeon verstummte. Die Kellnerin stellte zwei Krüge auf den Tisch.

Er zog eine Schnute, befangen in der plötzlichen Stille. Also hatte sie ihn ausgeforscht und die Frau in ihm entdeckt; die allererste

Zivilperson, der das gelungen war. Er sparte sich die Routine, sie auszufragen, woher sie wüßte. Sie hatte ihn nicht durchs Fenster sehen können. Er sagte: «Er saß in der deutschen Kirche heute nachmittag und spielte Bach, als ob ihm sonst nichts mehr geblieben wäre. Also ahnt er vielleicht.»

Sie hielt den Kopf gesenkt; einen Schnurrbart von Schaum auf ihrer Oberlippe. Vom anderen Ufer des Kanals drang das schwache Pfeifen des Zugs nach Alexandria herüber. «Sie lieben Goodfellow», versuchte er. Noch nie war er so tief unten gewesen: er war Tourist in dieser Region. Hätte im Augenblick einen Baedeker des Herzens gebrauchen können. Fast erstickt in einem neuen Aufschluchzen des Akkordeons kam ihr Flüstern: ja. Und hatte Goodfellow ihr erzählt... Er hob die Augenbrauen, sie schüttelte den Kopf: nein. Erstaunlich, wie man sich verstand, wie wortlos die Signale flogen. «Alles, was ich womöglich denke, habe ich mir zusammengereimt», sagte sie. «Natürlich dürfen Sie mir nicht trauen, aber ich muß es so sagen. Es ist wahr.» Wie weit abwärts durfte man sich wagen, ehe... Kein Ausweg. Porpentine: «Und was wollen Sie nun, daß ich tue?» Sie blickte ihn nicht an, drehte an den Ringen auf ihren Fingern. Dann: «Nichts. Nur verstehèn.» Wenn Porpentine an den Teufel geglaubt hätte, so hätte er sagen können: du bist mir geschickt worden. Geh zurück und sag ihm, sag ihnen, daß es keinen Zweck hat. Der Akkordeonspieler bemerkte Porpentine und das Mädchen, erkannte sie als Engländer. «Hätte der Teufel einen Sohn», sang er schelmisch und auf deutsch, «wäre sein Name Palmerston.» Ein paar Deutsche lachten, Porpentine zuckte zusammen: das Lied war mindestens fünfzig Jahre alt. Aber einige erinnerten sich immer noch.

Varkumian kam schlängelnd zwischen den Tischen auf sie zu, verspätet. Victoria sah ihn und empfahl sich. Varkumians Bericht fiel kurz aus: keinerlei Aktivitäten. Porpentine seufzte. Es blieb nur eins übrig: das Konsulat aufzuschrecken, um die Wachsamkeit zu vergrößern.

So nahm die «Pirsch» auf Cromer am nächsten Tag ernstere Formen an. Porpentine erwachte in einer verderbten Stimmung. Er legte einen roten Bart an, setzte sich einen perlgrauen Zylinder auf den Kopf und ging, in einen irischen Touristen verwandelt, zum Konsulat. Wo man mit irischen Touristen nicht viel im Sinn hatte: er wurde unsanft an die frische Luft befördert. Goodfellow kam mit einer besseren Idee: «Eine Bombe über den Zaun kicken!» rief er. Glücklicherweise waren seine sprengmeisterlichen Kenntnisse ebenso unvollkommen wie sein Plan. Die Bombe, statt ruhig auf dem Rasen auszurollen, segelte durch ein Fenster des Konsulatsgebäudes, versetzte eine der allgegenwärtigen Putzfrauen in einen Schreikrampf und hätte um Haaresbreite (obwohl sie sich natürlich als Blindgänger erwies) zu Goodfellows Verhaftung geführt.

Zur Mittagszeit suchte Porpentine die Küche des Hotels Victoria auf und fand den Ort in Aufruhr. Die Begegnung in Faschoda hatte stattgefunden. Die Lage war zur akuten Krise eskaliert. Verwirrt, stürmte er auf die Straße hinaus, brüllte eine Kutsche herbei und machte sich auf die Suche nach Goodfellow. Er fand ihn zwei Stunden später, schlafend in seinem Hotelzimmer, so wie Porpentine ihn verlassen hatte. Wutentbrannt leerte er einen Krug voll Eiswasser über Goodfellows Kopf aus. Bongo-Shaftsbury erschien grinsend in der Zimmertür. Porpentine schleuderte ihm den leeren Krug nach, während Bongo-Shaftsbury den Korridor hinab verschwand. «Wo ist er denn nun, der Generalkonsul?» erkundigte sich Goodfellow, leutselig und schläfrig. «Zieht Euch an!» bellte Porpentine.

Sie fanden die Geliebte des Kanzlisten faul in einen Sonnenfleck gestreckt beim Schälen einer Mandarine. Sie berichtete, daß Cromer für diesen Abend um acht Uhr einen Opernbesuch plante. Was er bis dahin vorhätte, wüßte sie nicht zu sagen. Sie zogen weiter zur konspirativen Apotheke, wo es nichts Neues ab. Im Dauerlauf durch den Ezbekijeh-Garten erkundigte sich Porpentine nach den Wrens. Sie wären in Heliopolis, soweit Goodfellow wüßte. «Verflucht und zugenäht, was ist denn plötzlich mit euch allen los?» wollte Porpentine wissen. «Keiner weiß von irgendwas.» So waren sie bis acht zur Untätigkeit verurteilt; setzten sich in ein Straßencafé neben dem Garten und tranken Wein. Die Sonne Ägyptens brannte auf sie nieder, auf eine vage Weise furchteinflößend. Nirgends war Schatten. Die Angst, die ihn vorletzte Nacht heimgesucht hatte, kroch und kribbelte an Porpentines Unterkiefer empor, bis zu den Schläfen. Selbst Goodfellow schien nervös zu sein.

Um Viertel vor acht schlenderten sie den Weg zum Theater hinüber, kauften Karten fürs Parkett, nahmen ihre Plätze ein und harrten. Wenig später erschien die Gesellschaft des Generalkonsuls, die sich ganz in ihrer Nähe niederließ. Von den Seiten sickerten Bongo-Shaftsbury und Lepsius herein, die sich in zwei gegenüberliegenden Logen so postierten, daß sie, mit Lord Cromer im Scheitelpunkt, einen Winkel von 120 Grad bildeten. «Ärgerlich», sagte Goodfellow: «Wir sollten höher sitzen.» Vier Polizisten kamen durch den Mittelgang marschiert und warfen ein Blick zu Bongo-Shaftsbury hinauf. Der deutete auf Porpentine. «Grundgütiger», stöhnte Goodfellow. Porpentine schloß die Augen. Nun gut, er hatte alles vermasselt. So etwas mußte passieren, wenn man sich wie der Elefant im Porzellanladen aufführte. Die Polizisten umringten sie und standen stramm. «Wie's beliebt», sagte Porpentine. Er und Goodfellow erhoben sich und wurden aus dem Theater eskortiert. «Wir wollen ihre Pässe sehen», sagte einer der vier. Von rückwärts trug ihnen eine Brise die ersten, moussierenden Akkorde der Eröffnungsszene nach. Sie marschierten auf einem schmalen Weg, zwei Polizisten im Rücken, zwei voneweg. Die Weichen waren schon vor Jahren gestellt worden, natürlich. «Ich will den britischen Konsul sprechen», sagte Porpentine, wirbelte herum, zog eine alte, einschüssige Pistole. Goodfellow hielt die beiden Vordermänner in Schach. Der Polizist, der nach den Pässen gefragt hatte, blickte umdüstert. «Daß sie bewaffnet sind, davon war nie die Rede», protestierte ein anderer. Methodisch, mit vier wohlplazierten Kopfnüssen, wurden die Polizisten neutralisiert und ins Unterholz gerollt. «Ein Idiotentrick», murmelte Goodfellow: «Schwein gehabt.» Porpentine rannte bereits zum Theater zurück. Zwei Stufen auf einmal nehmend, spurteten sie nach oben und suchten eine freie Loge. «Hier», rief Goodfellow. Sie schlüpften hinein und fanden sich der Bongo-Shaftsburys fast genau gegenüber. Was bedeutete, daß die Loge von Lepsius direkt nebenan lag. «Unten bleiben», flüsterte Porpentine. Sie kauerten auf dem Boden und spähten zwischen zierlichen Goldbalustern hindurch. Auf der Bühne trieben Edmondo und die Studenten ihre Scherze mit dem romantischen und lüsternen Des Grieux. Bongo-Shaftsbury machte sich an einer kleinen Pistole zu schaffen. «Obacht!» flüsterte Goodfellow. Das Horn des Postkutschers erklang. Klappernd und kreischend rollte die Kutsche in den Hof der Herberge ein. Bongo-Shaftsbury hob die Pistole. Porpentine sagte: «Lepsius. Nächste Tür.» Goodfellow verschwand. Die Postkutsche kam wippend zum Stehen. Porpentine visierte Bongo-Shaftsbury an, ließ dann die Mündung sinken und schwenkte nach rechts, bis Lord Cromer über dem Korn erschien. Er dachte plötzlich, daß er für sich selbst im Handumdrehen mit allem Schluß machen könnte, sich nie wieder über Europa zu sorgen bräuchte. Er durchlebte einen elenden Moment der Unsicherheit. Wie ernst war es ihnen allen denn gewesen? War Bongo-Shaftsburys Taktik nachzuäffen auch nur um einen Deut realer, als ihr entgegenzutreten? Wie ein gottverdammtes Haselhuhn, hatte Goodfellow gesagt. Der aussteigenden Manon wurde ein Arm gereicht. Des Grieux glotzte, erstarrte, las sein Schicksal in ihren Augen. Irgend jemand stand hinter Porpentine. Er warf einen Blick über die Schulter, hastig in dieser Sekunde hoffnungsloser Liebe, und sah Moldweorp hinter sich stehen, verfallen, unglaublich alt, seine Züge zu einem erschreckenden, aber teilnahmsvollen Lächeln arrangiert. In Panik drehte Porpentine sich wieder nach vorn und feuerte blindlings, vielleicht auf Bongo-Shaftsbury, vielleicht auf Lord Cromer. Er sah nichts, er würde niemals wissen, wen er zum Ziel genommen hatte. Bongo-Shaftsbury schob seine Pistole ins Jackett und verschwand. Draußen auf dem Gang ging eine Prügelei vonstatten. Porpentine schob den alten Mann zur Seite und stürzte hinaus, um gerade noch zu sehen, wie sich Lepsius von Goodfellow losriß und zur Treppe floh. «Ich bitte Euch, lieber Freund», japste Moldweorp. «Verfolgt sie nicht. Ihr seid in der Minderzahl.» Porpentine hatte schon die erste Stufe erreicht. «Drei gegen zwei», murmelte er. – «Mehr als drei. Mein Chef und seiner, und Stabspersonal…»

Was Porpentine erstarren ließ. «Euer –»

«Ich stand unter Order, müßt Ihr wissen.» Der alte Mann klang, als wolle er sich entschuldigen. Dann, in einer nostalgischen Wallung: «Die Lage, das wißt Ihr doch, es ist ernst diesmal, wir sind alle dran –»

Porpentine blickte zurück, vollkommen außer sich. «Hau ab», gellte er, «hau ab und stirb!» Und ihm war erst nebelhaft bewußt, daß der Austausch der Wörter nunmehr, endlich, endgültig gewesen war.

«Der große Chef persönlich», staunte Goodfellow, während sie die Treppe hinunterhasteten. «Es muß schlimm stehen.» Hundert Meter vor ihnen sprangen Bongo-Shaftsbury und Lepsius in eine Kutsche. Moldweorp, erstaunlich behende, hatte eine Abkürzung genommen. Er erschien in einer Tür links von Porpentine und Goodfellow und stieß zu den anderen. «Lassen wir sie laufen», sagte Goodfellow.

«Akzeptiert Ihr noch Befehle von mir?» Ohne auf eine Antwort zu warten, lief Porpentine zu einem Zweispänner, stieg auf den Kutschbock und wendete zur Verfolgung. Goodfellow sprang dazu und hievte sich hoch. Sie galoppierten den Shâria Kámel Pacha hinunter, scheuchten Esel, Touristen und Dragomane zur Seite. Vor Shepheard's Hotel fuhren sie fast Victoria über den Haufen, die auf die Straße herausgekommen war. Goodfellow half ihr an Bord, was sie zehn Sekunden kostete. Porpentine vermochte nicht zu protestieren. Wieder hatte sie Bescheid gewußt. Es war ihm etwas aus der Hand geglitten. Er begann allmählich, irgendwo, einen ganz gewaltigen Verrat zu wittern.

Es war kein Zweikampf mehr. War es das je gewesen? Lepsius, Bongo-Shaftsbury, all die anderen waren mehr als nur die Werkzeuge, der verlängerte Arm von Moldweorp gewesen. Sie steckten alle unter einer Decke; hatten alle auf etwas gesetzt, handelten als Einheit. Unter einer Order. Aber wessen Order? War es etwas Menschliches? Er bezweifelte es: Wie eine leuchtende Halluzination vor Kairos Nachthimmel sah er (es mochte nur ein Wolkenstrich gewesen sein) eine glockenförmige Kurve, einen Erinnerungsrest vielleicht aus einem Mathematiklehr-

119

buch irgendeines jüngeren F.-Agenten. Anders als Konstantin vor der Entscheidungsschlacht konnte er es sich, in diesem späten Stadium, nicht leisten, von irgendeinem Zeichen am Himmel bekehrt zu werden. Konnte sich nur, unhörbar, verfluchen, daß er noch so sehnlich an einen Zweikampf nach den Regeln des Duells glauben wollte, selbst noch in dieser Phase der Historie. Aber sie hatten sich – nein: *es* hatte sich nicht an diese Spielregeln gehalten. Nur an Wahrscheinlichkeiten, an Statistik. Wann hatte er aufgehört, gegen einen persönlichen Feind zu kämpfen, und es mit einer Kraft, mit einer Quantität aufgenommen?

Die Glockenkurve ist die Funktion, die eine Gaußsche Normalverteilung beschreibt. Unsichtbar hängt ein Klöppel unter ihr. Er schlug Porpentine (der es erst dunkel ahnte) das Totengeläut.

Die Kutsche vor ihnen machte eine scharfe Linkskurve, hielt nun auf den Kanal zu. Dort bog sie abermals nach links ab und raste parallel zu dem schmalen Wasserstreifen weiter. Der Mond war aufgegangen, ein halber Mond, fett und käsig weiß. «Sie wollen zur Nilbrücke», sagte Goodfellow. Sie fuhren am Palast des Khediven vorbei und ratterten über die Brücke. Unter ihnen strömte dunkel und zähflüssig der Nil. Am anderen Ufer schwenkten sie nach Süden und karriolten durch das Mondlicht, eingezwängt vom Fluß und dem Gelände des vizeköniglichen Palastes auf der anderen Seite. Die Verfolgten vor ihnen wandten sich nach rechts. «Verdammt, wenn das nicht die Straße zu den Pyramiden ist», sagte Goodfellow. Porpentine nickte. «Zirka fünfeinhalb Meilen.» Sie nahmen die Kurve und passierten das Gefängnis und die Häuser von Gîzeh, dann eine weitere Biegung und die Eisenbahngleise. Jetzt fuhren sie fast genau nach Westen. «Oh», sagte Victoria sanft, «wir werden die Sphinx sehen!»

«Im Mondlicht», fügte Goodfellow mit einem schiefen Blick hinzu. «Laßt sie in Frieden», sagte Porpentine. Sie schwiegen für den Rest der Fahrt, kamen der anderen Kutsche kaum näher. Zu beiden Seiten verwoben sich funkelnde Bewässerungskanäle. Fellachendörfer und Wasserräder zogen vorbei. Die Nacht war totenstill, bis auf den Lärm der Räder und des Hufschlags. Und das Pfeifen des Fahrtwinds. Als sie sich dem Rand der Wüste näherten, sagte Goodfellow: «Jetzt holen wir auf.» Die Straße begann anzusteigen. Vor dem Wüstensand durch eine mannshohe Mauer geschützt, bog sie bei zunehmender Steigung nach links. Plötzlich geriet die Kutsche vor ihnen ins Schlingern und krachte gegen die Mauer. Die Insassen kamen herausgekrochen und machten sich zu Fuß auf den Weg hangaufwärts. Porpentine fuhr bis ans Ende der Kurve und hielt etwa hundert Meter vor der großen Pyramide des Kheops an. Moldweorp, Lepsius und Bongo-Shaftsbury waren nirgends zu sehen.

«Schauen wir uns einmal um», sagte Porpentine. Sie gingen bis zur Ecke der Pyramide. Einen halben Kilometer weiter südlich kauerte die Sphinx. «Verdammt», sagte Goodfellow. Victoria streckte den Arm aus. «Dort!» rief sie: «Auf dem Weg zur Sphinx.» Sie folgten ihnen durch das schwierige Gelände, so rasch sie konnten. Moldweorp hatte sich anscheinend einen Knöchel verstaucht. Die beiden anderen stützten ihn. Porpentine zog seine Pistole. «Du bist dran, alter Mann», schrie er. Bongo-Shaftsbury drehte sich um und feuerte. Goodfellow sagte: «Was sollen wir überhaupt mit ihnen anfangen? Laßt sie laufen.» Porpentine gab keine Antwort. Wenige Augenblicke später hatten sie die Moldweorpschen Agenten vor der rechten Flanke der großen Sphinx gestellt.

«Nehmt sie herunter», keuchte Bongo-

Shaftsbury. «Sie ist nur einschüssig, ich habe einen Revolver.» Porpentine hatte nicht nachgeladen. Er zuckte mit den Schultern, grinste, warf die Pistole in den Sand. Neben ihm blickte Victoria verzückt zu dem Löwen, Menschen oder Gott auf, der über ihnen in den Himmel ragte. Bongo-Shaftsbury schob die Manschette seines Hemdsärmels nach oben und legte den Hebel des Schalters in die andere Position um. Eine knäbische Geste. Lepsius hielt sich im Schatten, Moldweorp lächelte. «Also», sagte Bongo-Shaftsbury. «Laßt sie gehen», sagte Porpentine. Bongo-Shaftsbury nickte. «Sie haben mit der Sache nichts zu tun», stimmte er zu. «Das geht nur Euch und den Chef an, nicht wahr?» Ho, ho, dachte Porpentine: hätte es nicht so sein können? Wie Des Grieux brauchte er selbst jetzt noch seine Täuschung, konnte sich nicht ganz eingestehen, daß er der Tölpel war. Goodfellow nahm Victoria bei der Hand, und die beiden gingen zurück zur Kutsche, das Mädchen immer wieder unruhig, mit brennendem Blick, zur Sphinx zurückgewandt.

«Ihr habt den Chef angeschrien», verkündete Bongo-Shaftsbury. «Ihr sagtet: Hau ab und stirb.»

Porpentine verschränkte die Arme hinter

seinem Rücken. Natürlich. Und darauf also
hatten sie gewartet? Fünfzehn Jahre lang? Er
war über eine Schwelle getreten, ohne es zu
merken. War ein Bastard jetzt, nicht länger
rein. Er drehte sich um und sah, wie sich Vik-
toria entfernte, erfüllt von Zärtlichkeit und
süßer Schwäche für ihre Sphinx. Bastard, so
überlegte er, ist nur ein anderes Wort für
Mensch. Nach dem letzten Schritt konnte
man nicht mehr, konnte nichts mehr sauber
sein. Es sah fast so aus, als hätten sie es auf
Goodfellow abgesehen gehabt, nachdem er
an jenem Morgen auf der Gare du Caire über
die Schwelle getreten war. Aber jetzt hatte
Porpentine seinen eigenen, fatalen Akt der
Liebe oder der Barmherzigkeit vollbracht, als
er den Chef anschrie. Und kurz darauf entdeckte, was es war, dem sein Schrei gegolten
hatte. Die beiden – der Akt und der Verrat –
löschten sich gegenseitig aus. Löschten sich
zu Null. Taten sie das immer? O Gott. Er
wandte sich wieder zu Moldweorp.

Seiner Manon?

«Ihr seid gute Feinde gewesen», sagte er
endlich. Es schien ihm falsch zu klingen. Vielleicht, wenn ihm mehr Zeit geblieben wäre,
Zeit, die neue Rolle zu lernen…

Aber mehr brauchten sie nicht. Goodfellow hörte den Schuß, drehte sich um und sah

gerade noch, wie Porpentine im Sand zusammensackte. Er schrie auf; beobachtete, wie die drei sich umdrehten und gingen. Vielleicht würden sie geradewegs in die Libysche Wüste hinausmarschieren und immer weiter marschieren, bis sie das Ufer irgendeines Ozeans erreichten. Bald wandte er sich wieder dem Mädchen zu, schüttelte den Kopf. Dann nahm er ihre Hand, und sie machten sich auf die Suche nach dem Zweispänner. Sechzehn Jahre später war er natürlich in Sarajevo, lungerte zwischen Menschenmengen, die den Erzherzog Franz Ferdinand erwarteten. Gerüchte von einem Attentat, ein möglicher Zündfunke für die Apokalypse. Er mußte zur Stelle sein, um sie zu verhindern, wenn er konnte. Sein Körper war inzwischen krumm geworden, und von seinen Haaren waren die meisten ausgefallen. Von Zeit zu Zeit drückte er die Hand seiner neuesten Eroberung, einer blonden Barmaid mit einem Schnurrbart, die ihn ihren Freunden als einen einfältigen Engländer beschrieb, im Bett nicht viel wert, aber freigebig mit seinem Geld…